Andrea Kilz

Erinnerungen eines Dorfkindes in der DDR

Ich danke dem Leben, dass ich auf dem Dorf groß (wenn man das bei einem Meter sechzig sagen kann) werden durfte und meinen Eltern, dass sie mir dieses Leben geschenkt haben.

Mein Dank gilt allen Familienmitgliedern; begonnen bei den Großeltern über sämtliche Tanten und Onkels bis zu meinen Cousins, die ich zum Teil wie Brüder empfand.

Ebenso bin ich dankbar für jeden Vogel, der mir zu den unterschiedlichsten Tages- und Jahreszeiten ein Liedchen geträllert hat. Für jedes Hühnchen, dass uns frische Eier geschenkt und sich irgendwann für den Suppen- beziehungsweise Frikassee-Topf hingegeben und mich sogar das Fürchten gelernt hat. Jedes sonnengelbe Schiepchen (Küken) samt Tränke, die ich immer so niedlich fand. Auch Schwein, Katz und Kaninchen, die den Hof mit uns geteilt haben. Und zu guter Letzt meinem Struppi für viele erlebnisreiche Jahre und Kuscheleinheiten.

Ich bin dankbar für jeden Grashalm, bunten Laubbaum, saftige Früchte tragenden Obstbaum und die nadligen „Tannen". Für all die farbenfrohen Blumen und gesunden Gemüse, Kräuter und Beeren.

Einfach für alles !

Andrea Kilz

Erinnerungen eines Dorfkindes in der DDR

Längst vergessene Episoden wie: Einen Fußball verschlucken ist nicht schwer.

Bibliografische Information der Deutschen Nationalbibliothek:
Die Deutsche Nationalbibliothek verzeichnet diese
Publikation in der Deutschen Nationalbibliografie;
detaillierte bibliografische Daten sind im Internet
über http://dnb.dnb.de abrufbar.

© 2018 Andrea Kilz

Illustration: **Andrea Kilz**

weitere Mitwirkende: **das Leben**

Herstellung und Verlag: BoD – Books on Demand,
Norderstedt

ISBN: 978-3-7481-5149-4

Inhaltsverzeichnis

Auf des Flämings sanft gewellten Höhen

„Auf des Flämings sanft gewellten Höhen, träumt ein Dörfchen still am Waldesrand ..."

Mein Heimatdorf... direkt an der Bundesstraße B101 gelegen, doch umgeben von Feldern, Wiesen und Wäldern.

Als ich vor Jahren durch ein sibirisches Dorf lief, erinnerte mich der Anblick eines aufgebockten Autos, an dem herum geschraubt wurde, an die Samstage in meiner Kindheit. Aus dem Radio erklang flotte Musik. Es herrschte vertraute Atmosphäre. An jenem Tag war auch Samstag.

Besonders schön war es im Frühling. Am Vormittag mussten wir samstags noch in die Schule. Wenn wir heim kamen, aßen wir Mittag – das waren am Samstag oft Makkaroni mit Tomatensoße. Danach war Wochenende.

Ich mochte schon als Kind, die Fenster aufzumachen und frische Luft ins Haus zu lassen. Wenn ich den großen Fensterflügel meines Zimmers öffnete, genoss ich den Duft des Frühlings. Überall lag er samt seiner Aufbruchsstimmung in der Luft.

Die Stimmung an einem Samstag auf dem Dorf hatte etwas Besonderes.

Sonnabends war mehr Zeit, um die funkelnden Sonnenstrahlen, das frische belebende Klima, den lichten Himmel, liebliches Vogelgezwitscher und doch gleichzeitig Ruhe zu genießen.

Das alles weckte meine Lebensgeister. So hatte ich Lust (für ein Kind vielleicht ungewöhnlich), in meinem Zimmer Staub zu wischen, zu saugen, für Ordnung zu sorgen und „reine zu machen".

Durch das offene Fenster hörte ich manchmal entfernt das schneidende Geräusch einer Kreissäge, das Rattern eines Rasenmähers oder brummende Maschinen aus dem nahe gelegenen Kuhstall.

Mein Zimmer befand sich in der oberen Etage. Ich mochte den Blick, den ich von dort oben hatte. (Der Blick gefiel auch dem Jungen, der gegenüber wohnte. Einmal erwischte ich ihn dabei, als er mit dem Fernglas in Richtung meines Zimmers schaute.)

Ich liebte es, drinnen und noch viel lieber draußen mit zu werkeln. Samstags wurde geputzt – im Haus als auch vor dem Haus. Alle wuselten irgendwo – Oma, Opa, meine Eltern und ich. Das war für mich normal, denn so wuchs ich auf (viel später vertrat ich die Meinung, dass so ein freier Samstag zu schade sei zum Putzen).

Auf einem Grundstück gibt es viel zu tun. Zimmer und Stuben sauber halten, war das eine.

Die Treppen zum Haus und zum Hof wischen, das nächste.

Die Blumenrabatte vor dem Haus wurde gepflegt, was hacken, harken und Unkraut zupfen bedeutete. Eventuell war der Rasen zu mähen und das war nicht wenig an Fläche.

Damals lief der Rasenmäher per Stromkabel. Wir nutzten die Steckdose in der Garage und benötigten mehrfach miteinander verbundenes meterlanges Kabel. Es galt acht zu geben, dass nicht dieses, sondern nur der Rasen geschnitten wurde!

Der Trolli-Mäher besaß keinen Auffangkorb. Da lag er dann - der frisch gemähte wohlig duftende Rasen und musste zusammen geharkt werden. Die Grashaufen wurden auf einen Fahrradanhänger geworfen. Den zogen wir per Hand über das holprige Kopfsteinpflaster des Hofes und brachten das Gras in den sich dahinter befindenden Garten zum großen Misthaufen.

Zum Glück hatte Opa irgendwann aus Holz einen Aufsatz für den Wagen gebaut, so dass wir mehr laden konnten und weniger laufen brauchten. Doch das alles hatte auch etwas.

Manchmal mähten Papa oder Opa und eine oder zwei von uns „Mädels" teilten sich das

Harken und Wegschaffen. Zum Schluss wurden alle Rasenkanten fein säuberlich mit der Rasenschere verschnitten.

Alle paar Wochen hatten wir uns um die Fläche am Rosengarten zu kümmern. Ein extra dafür vorhandener Rasenmäher wurde von Nachbar zu Nachbar – immer zu dem, der an der Reihe war – weitergegeben.

Neben dem Rasen befand sich eine schön angelegte Rosenrabatte, die gepflegt werden wollte. Dort half ich ebenso gern und flitzte die Strecke zwischen Rosengarten und unserem drei Häuser entfernt gelegenen Grundstück hin und her. Mal war eine Harke zu holen, mal etwas wegzubringen. Ich war gern in Bewegung.

Nicht weit von diesem Dorfplatz befand sich der Friedhof. Hier gingen wir im Sommer je nach Witterung manchmal täglich gießen. Samstags wurde immer um die Gräber geharkt, die Erde zwischen der Grabbepflanzung gelockert und von Unkraut befreit.

Ich hatte mir irgendwann an einer anderen Grabstelle ein Zickzack - Muster abgeguckt, was ich dann immer in den Sand harkte. Außerdem stellten wir der Jahreszeit entsprechend frische Blumen ans Grab. Die konnten wir im eigenen Garten schneiden.

Zu Höchstzeiten kümmerten wir uns um sieben oder mehr Gräber: die Grabstellen der Eltern meiner Großeltern sowie von Angehörigen weggezogener Leute. Darunter war ein Kindergrab. Das berührte mich als Kind auf eine spezielle Art. Die Einfassung war so klein.

Nach dem ersten Arbeitseinsatz am Samstag wurde bei uns am Nachmittag gegen drei Kaffee getrunken. Für gewöhnlich aßen wir dazu leckeren frischen Hefekuchen. Den hatte Oma bereits am Vortag gebacken.

Er war mit Früchten wie Stachelbeeren, Äpfeln, Kirschen oder Pflaumen aus dem Garten belegt und hatte dazu noch eine Decke aus wunderbaren Streuseln, Eierschecke oder Guss. Ihr Hefekuchen schmeckte ebenso köstlich nur mit Butterstreuseln, die wiederum durch Vanillepudding oder Pflaumenmus darunter einen zusätzlichen Gaumenschmaus bereiten. An dieser Stelle soll auch Omas saftiger Bienenstich nicht unerwähnt bleiben! Für alle unwissenden Leser: Omas Bienenstich tat nicht weh, sondern ist ein Kuchen.

Im Anschluss an die Kaffeepause ging es oft nochmal hinaus, denn im Hof und Garten gab es ebenfalls zu tun. Und vom Garten aus konnten wir auf den Kiefernwald und des Flämings weite Felder blicken.

Das Flämingslied, mit dessen Zeilen ich zu schreiben begann, hat der Lehrer Walter Winkler verfasst, der seinerzeit in meinem Heimatdorf lebte. Es erinnert an die ländliche Schönheit.

Fast täglich ein Dämpfer von Opa

Wie es früher war und teilweise auch heute noch auf dem Dorf üblich ist, hatten wir Hühner, Enten, Kaninchen, Schweine, Katz und später sogar einen Hund.

Auf einem typischen Vierseithof war es tatsächlich so, dass man vom Schlafzimmer bis zum Hühnerstall gehen konnte ohne nach draußen zu müssen.

Bei uns war das folgender Weg: Schlafzimmer-Küche-Korridor-Veranda-Hinterflur-Waschküche-Futterkammer-Stall-Hühnerstall.

Wir – das sind meine Eltern und ich – wohnten mit meinen Großeltern mütterlicherseits zusammen. Oma und Opa bewohnten den unteren Teil des Hauses, wir den oberen.

Küche und Bad befanden sich für alle in der unteren Etage. Oben stand uns vom Schlafzimmer abgehend, ein kleiner Bereich mit Toilette und Waschbecken zur Verfügung.

Also benutzten wir Küche und Bad gemeinsam, wobei es – soweit meine Erinnerung reicht – nie Probleme gab.

Wir nahmen die Mahlzeiten zusammen ein und es gab ein sogenanntes Wirtschaftsportemonnaie, in das Jung und Alt seinen Anteil hinein legten. Davon wurden Lebensmittel und andere notwendige kleine Dinge eingekauft.

Für die Versorgung der Tiere verwendeten wir Kartoffeln, Möhren und Rüben sowie Gras aus dem eigenen Garten. Außerdem bekam jedes LPG-Mitglied ein Deputat an Kartoffeln sowie Schrot. Weizen erhielten wir bei einem festgelegten Gewicht durch die Eierabgabe. Dazu mehr auf Seite 46.

Für die Hühner kauften wir bei unserem dorfeigenen Bäcker sogar Roggenbrot. Dass es lecker war, weiß ich, weil ich daran ohne zu naschen nicht vorbei kam. Das Brot war kastenförmig und sah in seiner Beschaffenheit äußerst verführerisch aus. Ich suchte mir irgendwo an der leckeren Kruste Zugang und pulte beim Vorbeigehen immer wieder ein Häppchen heraus.

Die Kartoffeln warfen wir den Hühnern und Schweinen selbstverständlich nicht roh hin. Statt in einem großen Topf, wurden sie in viel größeren Dämpfern weich gegart. Zwischen dem kleineren und einem größeren Dämpfer befand sich ein Trog, in den wir sie dann heiß hinein schütteten. Bevor sie später eimerweise den Schweinen in den Trog gebracht wurden, zerdrückten wir sie mit einem entsprechend großen Kartoffelstampfer.

Unter die gedämpften Kartoffeln mischten wir Schrot und essbare Küchenabfälle, wie zum Beispiel Apfelschalen. Ich weiß noch, dass ich von einer Feier übrig gebliebene Schlagsahne in den Schweinetrog bringen sollte. Nicht einen Löffel voll wollte ich den Tieren vorenthalten und kratzte eifrig die hauchdünne gute Schale aus. Leider überschätzte ich das zarte Glas. Welch ein Schreck durchfuhr mich, als der Löffel hindurchschaute und die hübsche blaue Glasschale hinüber war.

Um das Versorgen der Tiere und all die Arbeit, die das betraf, kümmerte sich größtenteils Opa. Sicherlich, weil er bereits Rentner war. Es handelte sich um nicht wenige Aufgaben; begonnen beim täglichen Hühner hinaus lassen und den Stall zur rechten Zeit wieder schließen, damit kein hungriger Fuchs sie stahl.

Meine Eltern erzählten mir, dass Opa viel Wert auf seinen Bohnenkaffee legte. Ich erinnerte mich dann auch, dass er sein aufgebrühtes Kännchen Kaffee nebst einer Tasse auf einem kleinen metallenen Tablett mit hinaus nahm und auf dem Tisch in der Waschküche platzierte. So konnte er zwischendurch immer wieder einen Schluck davon trinken.

Meine Mutter nahm ihren restlichen morgendliche Kaffee meist mit ins Bad und trank ihn vermutlich zwischen dem Haare toupieren und etwas schminken aus. Das hab ich mir wohl von den beiden abgeschaut – ich schleppe meinen Kaffee auch gern mit mir umher.

Täglich mussten die gelegten Eier im Stall und Garten eingesammelt werden. Von Zeit zu Zeit suchten sich die Hühner neue Verstecke, die wir zu entdecken hatten.

Opa kam so manches Mal mit blutigem Handrücken zum Abendessen, worauf ich als kleines Kind sagte: „ Hinne pickt".

Oma holte immer mal nur ein Ei aus dem Stall. Es sollte ein ganz frisches sein, denn als aufbauendes kraftspendendes Elixier quirlte sie dieses Ei mit Traubenzucker und trank es in einem Schluck. Mir schmeckte das auch.

Den Geschmack und die aufgeschlagene Konsistenz nehme ich bei der Erinnerung deutlich auf meiner Zunge wahr. (Und denke gleichzeitig an den Sportler-Flip, den es im Ringberghaus in Oberhof als alkoholfreies Getränk an der Bar gab. Darauf war ich während unseres Aufenthaltes dort ganz scharf. Sicher beeinflussten die sportliche Bezeichnung und das mir von daheim vertraute eingerührte Ei diese Vorliebe.)

Bei den alltäglichen Aufgaben, die es zu bewerkstelligen gab, hatten wir meine ich Freude. Es war eine Selbstverständlichkeit und keine Last. Eins wurde nach dem anderen erledigt. Jedes hatte seine Bedeutsamkeit und gehörte zum Tagesablauf. Dieser war nicht durch ständige Unternehmungen, Fahrten und Termine gestresst. So war das Leben.

Arme Ritter ohne Ende

Andere Länder, andere Sitten. Andere Dörfer, andere Bräuche. So lernte ich bei meinen Großeltern auch verschiedene Vorlieben beziehungsweise Kreationen von Speisen kennen.

Das, was bei uns daheim zum Frühstück, Mittag, Kaffee und Abendessen auf den Tisch kam, war für mich gewohnt und „normal". Wenn ich die Ferien bei meiner Tante und den Großeltern im Nachbardorf verbrachte, entdeckte ich neue Möglichkeiten.

Oma Hilde mochte beispielsweise zum Frühstück auf ihrer Scheibe Brot eine Schicht Butter, gefolgt von Quark und Honig oder Marmelade. War ich wieder heim gekehrt, bat ich auch um den Einkauf eines Bechers Quark, um das neu gewonnene Frühstücksritual noch einige Zeit vollziehen zu können.

Als Enkelkind durfte ich früher wie heute zumindest in der Ferienzeit meist Essenswünsche äußern. Da mir der Schul - Grießbrei vorzüglich schmeckte, bat ich Oma, solchen zum Mittagessen zu kochen.

Oma kam meinem Wunsch nach, worüber ich mich riesig freute. Doch beim ersten Mal war ich ein wenig enttäuscht.

Das sollte Oma allerdings nicht merken. Ich freute mich ja, dass sie mir meinem Wunsch erfüllte. Oma hatte den Grieß jedoch als Nachtisch gemacht. Ihr war nicht bewusst, dass ich ihn warm und dickflüssig als Hauptgericht auf dem Teller erwartet hatte.

Wobei wir uns stets einig waren, wenn wir- anfangs Oma, später ich selbst von ihren wachsamen Augen beaufsichtigt - zum Kaffee Arme Ritter backten.

Ich sage immer, wir aßen sie, bis sie uns aus den Ohren kamen. Ein so einfaches und leckeres Gericht, finde ich. Für den Fall, Sie möchten auch Arme Ritter braten, hier das Rezept:

Sie nehmen am besten ein bis zwei Tage alte Brötchen und schneiden diese in breite Scheiben. „Nach Schnauze", wie man so schön sagt, rühren Sie ein Ei und etwas Mehl in Milch. Dazu geben Sie eine Prise Salz und nach Belieben etwas Zimt und Kardamom.

Lassen Sie in einer heißen Pfanne Butterschmalz zergehen oder Öl erhitzen. Tauchen Sie die Brötchen-Scheiben in die Milch und backen Sie diese von beiden Seiten in der Pfanne goldgelb.

Dann sielen Sie die Scheiben gleich in Zucker. Am allerbesten schmecken die Armen Ritter warm. Nun bleibt mir nur noch, einen guten Appetit zu wünschen!

Doppelte Lieferung

Mein Gott, wie hat unser Leben damals funktioniert? Und es hat funktioniert – prima sogar! Es existierte in den allerwenigsten Haushalten ein Telefon, geschweige denn ein Handy oder Smartphone. Wir hatten weder einen Computer noch ein Notebook oder Tablet.

Internet und Email wären Fremdwörter gewesen, hätten wir sie zu Ohren bekommen.

Wie haben wir Menschen nur kommuniziert? Ganz einfach – wir haben miteinander gesprochen. Wir schickten schöne Postkarten und schrieben uns Briefe auf Papier – auf hübschem Briefpapier! Im Notfall (im wahrsten Sinne des Wortes) konnte man ein Telegramm aufgeben.

Solches ließ meine Eltern und mich einmal verfrüht aus dem Urlaub heimkehren, denn uns wurde mitgeteilt, dass mein Opa gesundheitliche Probleme hatte.

Ansonsten wussten Angehörige und Freunde nicht so schnell, ob man sein Urlaubsziel gut erreicht hatte, wie das Wetter dort war und ob Unterkunft und Versorgung stimmten. Irgendwann wurde eine Urlaubskarte geschrieben und wenn man diese zeitig genug abschickte, war sie auch vor der persönlichen Rückkehr eingetroffen.

Postkarten und private Briefe zu empfangen, war aus mehreren Gründen schön. Ich sammelte nämlich die Briefmarken und Karten aus allen Landen.

Dort, wo ich wohnte, hatten wir keinen Postkasten am Haus. An zwei Plätzen im Ort befanden sich schmale rechteckige Briefkästen - nummeriert aneinander gereiht – aufgestellt. Wir wohnten zwar mit meinen Großeltern unter einem Dach und der gleichen Hausnummer, jeder hatte jedoch sein eigenes Postfach.

Öffnete man die Kellertreppe, hingen dort gleich rechts die Schlüssel für unsere Briefkästen. Auf den runden Anhängern standen die Nummern 12 und 25. Die 25 gehörte zu uns, die 12 zu meinen Großeltern.

Die Tageszeitung (die Märkische Volksstimme) war bei uns nicht morgens zum Frühstück da.

Ich meine, gegen elf Uhr wurden Zeitung und Briefpost gemeinsam geliefert. Wenn mein Vater um zwölf zum Mittagessen nach Hause fuhr, brachte er die Post mit. Er radelte direkt an den Briefkästen vorbei.

In den Ferien erledigte ich gern den Weg zum Postkasten. Wenn ich mich recht erinnere, kam es auch vor, dass wir mehrmals vergebens gingen, da sich die Post verspätet hatte.

Erhielten wir Pakete – das war allerdings im Vergleich zur heutigen Zeit – eine Seltenheit, hatten wir eine Benachrichtigung im Fach. Das Paket holten wir dann in der ortsansässigen Poststelle ab.

Versandhäuser, eBay und so weiter gab es nicht. Ich bin mir recht sicher, wenn, dann war es ein Westpaket. So hieß es, weil es aus „dem Westen" = von Verwandten oder Bekannten aus der BRD kam. Sie schickten in den Paketen Dinge, die bei uns in der DDR (Deutschen Demokratischen Republik) gar nicht oder schwer zu erhalten waren.

Ein typisches Westpaket beinhaltete Kaffee, Schokolade, Feinstrumpfhosen, Lux-Seife, Backzutaten wie Orangeat, Zitronat, Mandeln und Kakao oder Kleidungsstücke.

Über bestimmte Dinge freuten sich Mutti und Oma, weil es wichtiges Backzubehör war. Ich durfte mich neben Kaugummi – am liebsten hatte ich so eine Stange bunter Kugeln, weil die verlockend dufteten - riesig über Sachen zum Anziehen freuen.

Der Absender – Uhlig/Berlin – und die Größe des Paketes ließen jedes Mal wieder große Vorfreude und Hochspannung in mir aufsteigen. Das Öffnen fühlte sich wie eine Ewigkeit an. Ein herrlicher Duft (von uns unbekannten Waschmitteln oder Weichspüler) breitete sich aus und erfüllte meine kleine Nase.

Es hatte etwas von Weihnachtsbescherung. Kleidungsstück für Kleidungsstück nahm meine Mutter von dem hohen Stapel.

Ich spüre wie damals das Funkeln in meinen Augen. Ein unglaublich schönes Gefühl beherrschte mich voll und ganz.

Ich hatte das große Glück, von zwei Mädchen, die älter waren als ich, getragene Bekleidung zu bekommen.

Bettina und Marita waren Schwestern, zwischen denen ein Altersunterschied von etwa zwei Jahren lag. Obwohl sie keine Zwillinge waren, hatten sie oft gleiche Sachen. Das war doppeltes Glück für mich. Mochte ich zum Beispiel ein T-Shirt besonders und war es mir zu klein geworden, existierte es manchmal in einer weiteren Größe. Das fand ich toll!

Ich liebte es, meinen Schrank zu öffnen und die weißen und farbenfrohen T-Shirts, Hosen und Pullover anzuschauen. Dazu gesellte sich die Ungeduld, in manche erst herein wachsen zu müssen. Die Stoffe fühlten sich wunderbar an und alles sah irgendwie fetzig aus.

Daraus entwickelte sich auch die Lust, Verkäuferin zu spielen oder sein zu wollen. Als Ladentisch nutzten wir den Bettkasten. Wie im Geschäft, breiteten wir von einem Stapel nach und nach Kleidungsstücke zur Ansicht aus.

Es kommt mir gerade ein lila Sweatshirt in Erinnerung. Da es den englischen Aufdruck Roller-Skate trug, durfte ich es zu meinem Leid nicht in der Schule tragen.

Das war untersagt, da es ein Hinweis darauf war, dass es aus dem kapitalistischen Ausland stammte.

Unsere Familie empfindet bis heute große Dankbarkeit für all diese Pakete, die meine Kindheit und Jugend prägten.

Ich könnte sofort eine Reihe von Stücken aufzählen, die ich besonders mochte;

unvergessen eine weiße ¾ - Jeans, die aus dem genialsten Jeans-Material war, das ich jemals getragen habe.

> *„Dankbarkeit*
> *ist das Gedächtnis des Herzens.“*
>
> *(Jean-Baptiste Massillon)*

(Über die Wirkung und Kraft der Dankbarkeit habe ich in weiteren Büchern geschrieben. Einen Verweis dazu finden Sie am Ende dieses Buches.)

Das Geheimnis des Nussbaumes

Ich war ein vorsichtiges zurückhaltendes Kind. Ängstlich ist sicher nicht der passende Ausdruck, vorsichtig passt wohl eher. Jedenfalls war ich keine Kletterin und tat auch sonst weder waghalsige noch übermütige Dinge.

Der große alte Nussbaum in unserem Garten verlockte jedoch dazu, mich regelmäßig wie ein kleines Äffchen an einem der unteren Äste festzuklammern. Es war immer ein und derselbe Ast, an dem ich hing und dessen glatte Rinde ich berühren wollte.

Ich wagte weder höher zu klettern noch hatte ich überhaupt die Zuversicht dies zu können. Woran ich mich genau erinnere, das sind die vielen kleinen roten Spinnen am Stamm und glatten Ast des Nussbaumes.

Sie waren immer da, möchte ich behaupten. Ich habe sie auch jetzt vor meinen Augen – so wie damals: kleine purpurrote kreisförmige Spinnen.

Dieser Baum hatte irgendetwas, was mich anzog – damals wie heute. Ich war gern bei ihm; besser gesagt unter ihm – unter seiner hohen breiten Krone. Dort war ich beschützt, geborgen und ein wenig versteckt.

Ich mochte auch seine Früchte. Ungeduldig half ich denen, die zum größten Teil noch von der grünen Schale umgeben waren, heraus in die Freiheit. Es machte mir Spaß, die große Menge aufzusammeln. Außerdem gab es einen angenehmen Klang, wenn die Nüsse im Korb aufeinander stießen. Manches Jahr lag der ganze Boden wie gesät voll von ihnen.

Etliche Jahre nachdem ich von zuhause weggezogen war, wurde der Baum geköpft. Ein Teil seines Stammes blieb stehen und bekam zu seinem Zweck noch eine Tischplatte. Aus einem anderen Teil wurden Sitzmöglichkeiten für rundherum geschnitten. Eine schöne Erinnerung.

In Zeiten, in denen ich traurig war – meist Liebeskummer bedingt – zog es mich heim. Es zog mich hinaus in den Garten, wo ich dann Abend für Abend an den Überbleibseln des Nussbaumes saß. Dort fühlte ich mich wohl, um meinen Gefühlen und meinem Schmerz freien Lauf zu lassen. Oft saß ich bis zum Einbruch der Dunkelheit und irgendwann fand ich immer wieder meinen Frieden. Die Stille da draußen und der Ort taten gut.

Während einer schamanischen Ausbildung erzählte uns mein Lehrer Ahamkara - ein sibirischer Schamane - von Ayami (das ist meine persönlich gewählte Schreibweise). Ayami ist ein Teil unserer Seele, der an dem Ort in der

Natur bleibt, wo wir unsere Kindheit verbracht haben. Bei manchen Menschen ist es der Garten, bei anderen der Lieblingsaufenthaltsort in der Natur während der Kinderjahre.

Ayami ist der Grund, warum wir von Zeit zu Zeit Sehnsucht nach Hause verspüren ohne gleichzeitig Sehnsucht nach den Eltern oder anderen Verwandten zu haben. Wenn wir dieser Sehnsucht – dem Ruf von Ayami folgen – fühlen wir uns angekommen und wieder komplett. Das erneuert unsere persönliche Kraft und hilft uns zu regenerieren.

Dort, wo ich jetzt wohne, steht auch ein Walnussbaum im Garten. Einmal während des Rasenmähens fiel mir eine Stelle an ihm auf, die dazu einlud, mich niederzulassen. Auf dieser Seite des Baumes ist wie eine Nische gewachsen, die von den Ästen schützend umgeben ist. An dem Platz herrscht eine besondere Atmosphäre. Dort bin ich auf eine bestimmte Art geborgen und wenn ich die Augen schließe um zu meditieren, bin ich sofort von einer anderen Welt umgeben.

Wächst bei Ihnen ein Walnussbaum? Verbindet Sie vielleicht etwas mit diesem Baum?

Dann lassen Sie es mich wissen.

Eine meiner Klientinnen konnte mir auch eine schöne Geschichte von ihrem Lieblingsplatz und Zufluchtsort der Hollywoodschaukel am Walnussbaum erzählen.

Röststulle von der Herdplatte

Kommt Ihnen der Begriff Stulle fremd vor? Heute sagt man wohl eher Schnitte, belegtes Brot, Butterbrot. Das in Sachsen, Thüringen und Sachsen-Anhalt verwendete Wort Bemme kenne ich auch aus der Kindheit. Da hieß es hin und wieder aus Opas Mund: „Hast du deine Bemmen einge-packt?"

Brot aßen wir gewöhnlich abends und nahmen belegte Schnitten für zwischendurch mit in die Schule, Arbeit oder auf den Ausflug. Obwohl die meisten eine Brotschneidemaschi-ne besaßen, sah ich oft, wie meine Oma Hilde sich den Kanten Brot zur Brust nahm und es so schnitt. Opa Reinhardt tat das auch. Bewun-dernswerter Weise gab es keine Verletzungen und die Scheiben waren perfekt geschnitten.

Meine heimische Oma Erika arbeitete in unserem Dorf im Kuhstall der LPG. Sie mochte warmes Frühstück; ob als zweite Frühstücks-mahlzeit oder generell, das vermag ich heute nicht mehr zu sagen. Ich erinnere mich jedoch an ihre Mehlsuppe (Milchsuppe). Anders als Oma Hildes Klietersuppe war diese herzhaft gesalzen und das Mehl war statt in Klümpchen glatt untergerührt.

Dazu aß Oma eine Scheibe Brot, die sie auf der Herdplatte geröstet hatte. Auf der gerösteten Scheibe ließ sie Butter zerlaufen und bestreute sie mit Salz. Knusprig und lecker so eine Röststulle! Die schmeckte mir auch. Beim Rösten blieb man besser dabei, damit weder Stulle noch Herdplatte ausversehen anbrannten.

Ebenso lecker, doch keine Spur von Knusper hatte Oma Erikas Semmelmilch. Semmelmilch gab es an heißen Sommertagen ab und an zu Mittag, dazu eine große Schüssel frisch gepflückte eingezuckerte rote Johannisbeeren.

Für die Semmelmilch zupft man Brötchen in kleine Stücke, die mit wenig warmem Wasser und reichlich Milch übergossen werden. Das Ganze bekommt außerdem eine Portion Zucker und ist dann matschig süß und lecker!

Das ist natürlich nicht das ideale gesunde Mittagessen. Doch ab und zu will der Mensch so etwas. Alsbald untersagte meine Mutter mir diesen süßen Pamps und das zu Recht. Ich drohte nämlich im pubertären Alter etwas aus dem Leim zu gehen. Danke Mutti!

Was in Oma Erikas Schlemmer - Schatzkiste wiederum äußerst knackig war – Klemmkuchen. Dazu aber bald ... nämlich auf Seite 32.

Hier möchte ich noch unseren Nachmittagskaffee unter der Woche erwähnen. Mutti brühte sich ein Kännchen Bohnenkaffee.

Opa und ich tranken Muckefuck – auch Kinderkaffee genannt, da er koffeinfrei und somit kindertauglich war.

Muckefuck gibt es noch heute unter seinem Namen oder zum Beispiel als *Im Nu* oder *Caro* zu kaufen.

Für den Kaffee wurde im Pfeifkessel (einem Flötenkessel) auf dem Gasherd Wasser zum Kochen gebracht und Muckefuck als auch Bohnenkaffee aufgebrüht.

Ich kenne niemanden, der damals eine Kaffeemaschine hatte. Der Kaffeesatz störte wahrscheinlich den Kaffeeliebhaber nicht. Der blieb ja beim langsamen Eingießen in der Kanne zurück.

Es gab allerdings eine Variante Filterkaffee zu bereiten. Dafür setzte man auf die Kanne einen Kaffeefilteraufsatz, in dem das Kaffeepulver aufgegossen wurde.

Ich sehe noch heute unsere zwei Kännchen vor mir, in die jeweils eine Menge von zwei kleinen Tassen passte. Bei Feiern brühten wir den Kaffee in großen Steintöpfen.

Gab es frische Brötchen (wohlgemerkt vom dorfeigenen Bäcker), liebten Opa und ich sie mit Butter und Salz. Von Opa lernte ich, so ein Butterbrötchen längs zu teilen und erst die eine, dann die zweite Hälfte Happen für Happen in den Kaffee zu titschen (= einzutauchen).

Die Schüssel auf dem Schrank

Jede Hausfrau hat – so meine ich - ihre Lieblingsspeisen, -kuchen und -gerichte, die ihr besonders gut gelingen oder eine persönliche als auch familiäre Tradition haben.

Vor kurzem sprachen wir erst wieder von Oma Hildes Klietersuppe. Niemand in unserer Familie hatte sie bisher gekocht. Wir wussten nicht wie.

Doch heutzutage gibt es Google und Google kennt Klietersuppe.

Hier ein Rezept, das ich bei chefkoch.de entdeckt habe und Omas Süppchen entspricht: (Die Verfasserin nennt sich „Königsklops")

Zutaten:

250g Mehl
1 Ei
evt. etwas Wasser
1 gestr. TL Salz,
             aber flach gestrichen!
1 Liter Milch
nach Bedarf Zucker

Zubereitung:

Das Mehl wird mit dem Ei und so viel Wasser verrührt, bis ein sehr zähflüssiger Teig entsteht, der in langen "Zapfen" vom Löffel fällt, wenn man diesen hochhebt.
Er darf nicht so flüssig sein, dass er fließt, aber auch nicht klumpig sein oder krümeln.

Dann wird die Milch in einem Topf erhitzt. Wenn sie richtig heiß ist, nimmt man immer einen Esslöffel voll mit Teig und streicht davon mehrmals Kleckse (= "Klieter") in die heiße Milch. Das macht man - in möglichst zügigem Tempo - so lange, bis der Teig verbraucht ist.

Jetzt das Ganze bei geringer Wärmezufuhr noch ca. 5 - 10 min. ziehen lassen - nicht sprudelnd kochen! Dann wird die Suppe zu Tisch gebracht und dort von jedem individuell mit Zucker gesüßt.

Wenn ich Oma Hilde im Nachbarort besuchte und die Küche betrat, inspizierte ich ganz automatisch mit meinen Augen den Raum, denn in Omas Küche war mit Leckereien zu rechnen.

Manchmal entdeckte ich rechts oben auf dem Schrank eine Schüssel, die mit einem Geschirrtuch abgedeckt war.

Juhu – dann hatte Oma Knabberkuchen gebacken. Das ist ein keksähnliches Gebäck, was über längere Zeit gut haltbar ist.
Ich verrate Ihnen das Rezept. Es ist ganz einfach. Vielleicht möchten Sie ja mal probieren.

Rezept für den Knabberkuchen:
- 375 g Mehl
- 200 g Margarine (ich verwende Butter)
- 100 g Zucker (80 g genügen)
- ½ Pck. Backpulver
- Zitrone
- 1-2 Eier

Alle Zutaten zu einem Teig kneten und auf einem (eingefetteten oder mit Backpapier ausgelegtem) Backblech gleichmäßig verteilen beziehungsweise ausrollen.
Jetzt können Sie schon die Stückchen anritzen, damit sich später der frisch gebackene Kuchen leichter schneiden lässt.
Backen Sie den Kuchen bei Mittelhitze bis er leicht goldgelb ist. Das dauert nicht allzu lang. Sobald sie ihn aus dem Herd genommen haben, bestreuen Sie den Kuchen mit Zucker.
Guten Appetit & viel Spaß beim Knabbern!

Körbeweise Klemmkuchen

Klemmkuchen sind ein traditionelles Gebäck des Flämings.

Ich bin gewissermaßen ein Flämingskind, das als solches bei Tanzauftritten unseres Schulchores und fürs Familienfotoalbum auch die Flämingstracht getragen hat.

Zum Backen der Klemmkuchen werden Klemmkucheneisen verwendet. Ganz früher nutzte man Zangenbackeisen aus zwei schweren Eisenhälften, mit denen die Kuchen über dem Feuer gebacken wurden.

Schwerstarbeit, die ich selbst nicht mehr kennengelernt habe. Jede Familie hatte ihre eigenen Eisen, die durch Ornamente und eine Inschrift mit Angaben der Besitzer versehen waren.

Ich kenne von Haus aus elektrisch betriebene Klemmkucheneisen. Das heutige noch fortschrittlichere Modell nennt sich Hörncheneisen.

An diesem Gerät lassen sich die Bräunungsstufen einstellen und ein grünes Lämpchen zeigt an, wann der Klemmkuchen fertig ist.

Eigentlich ist er in dem Moment noch gar nicht fertig, denn heiß vom Eisen muss er sofort zu einem Tütchen gerollt werden.

In manchen Gegenden wird er einfach nur gerollt und heißt wohl deshalb Rollkuchen.

Der Klemmkuchen schmeckt pur, wird klassisch jedoch mit Schlagsahne gefüllt gegessen, darum die Form einer Tüte. Er verleitet bei seinem Anblick auf das Füllen mit Eis. Doch dafür ist der Teig nicht ideal.

Klemmkuchen sind wochenlang haltbar. Damit sie schön kross bleiben, sollten sie unbedingt an einem trockenen warmen Ort aufbewahrt werden.

Als Kind mochte ich sie anders – nämlich flach wie vom Eisen, hell und zäh statt knusprig. Um mir diesen Wunsch zu erfüllen, stellte Oma Erika einen Teller voll an das Kammerfenster. Dort verschwand durch den kühlen Luftzug alles Knusprige.

Oma war eine Heldin im Klemmkuchenbacken. Für gewöhnlich hatte sie am Vorabend einen zehn Liter Eimer Teig angerührt. Um diese Menge zu backen, stand sie stundenlang in der sogenannten alten Küche und kämpfte mit vier bis sechs Eisen.

Das war eine Herausforderung, denn jedes Eisen backte anders schnell oder langsam. Gleichzeitig sorgte sie dafür, dass der Kohleherd im Raum gut angeheizt blieb, denn die Klemmkuchen sollten von Anfang an dem richtigen Klima ausgesetzt sein.

Das Mittagessen servierten wir ihr. Dafür nahm sie sich keine Pause, sondern aß es nebenher. Während ich das schreibe, spüre ich sogar die hohe Konzentration, die dabei herrschte. Sie können sich vorstellen, da durfte auch nicht viel zwischen geredet werden.

Die Klemmkuchen ordnete Oma während des gesamten Backens akkurat in große Wäschekörbe. War einer voll, wurde er sofort in die warme Stube gestellt – an die Heizung oder auf den Kachelofen.

Oma legte viel Wert darauf, dass ein Klemmkuchen aussah wie der andere. Sie unterzogen sich einer strengen Kontrolle ihrer Blicke. Da landete mancher in der Schüssel, die für uns und „alle Tage" bestimmt war.

Denken Sie bitte nicht, dass wir die riesige Menge allein verputzt haben. Die größte Menge davon wurde an Freunde, Bekannte und Verwandte verschenkt. So war das Sitte. Mit Pfannkuchen verhielt es sich ähnlich, doch dazu in einem anderen Kapitel.

Meine Mutter und ich haben natürlich das Klemmkuchenbacken von Oma gelernt. Doch leider bleibt es an meiner Mutter hängen. Vor einigen Jahren musste ich feststellen, dass ich gewissermaßen untauglich geworden bin.

Bezüglich der therapeutischen Arbeit bin ich zutiefst dankbar, dass meine Hände zunehmend sensibler werden, doch beim Klemmkuchenrollen ist das ein großer Nachteil. Ich schaffe es nicht mehr, da meine Hände die Berührung des heißen Kuchens so dermaßen schmerzt.

Das Leben wird mir zu gegebener Zeit eine Lösung schicken, damit ich die Tradition weiterführen kann - vielleicht mit einem entsprechenden Handschuh.

Die Klemmkuchen werden bei uns traditionell zur Fastnachtszeit gebacken. Mehr zur damaligen Fastnacht können Sie auf Seite 94 lesen.

„Backe, backe, Kuchen,
Der Bäcker hat gerufen!
Wer will guten Kuchen backen,
Der muss haben sieben Sachen:
Eier und Schmalz,
Butter und Salz,
Milch und Mehl ..."

Das rote Büchlein

... quadratisch. Praktisch. Gut.

... trägt die Widmung: *Viel Freude u. Spaß beim Backen! wünscht Dir Deine Mutti.*

Es ist ein Backrezepte-Büchlein mit ursprünglich leeren, weißen Seiten, das ich als Mädchen geschenkt bekommen habe.

Ich saß schon immer gern am Schreibtisch. Das ist auch in diesem Büchlein zu erkennen: ich habe die Seiten akkurat bis zum Ende durchnummeriert – einhundertfünfzehn an der Zahl.

Von hinten beginnend, stößt man auf das Inhaltsverzeichnis, in dem die Rezepte alphabetisch geordnet vorzufinden sind. Sie wurden fein säuberlich mit Füllfederhalter hinein geschrieben und tragen jeweils eine rot designte Überschrift.

Die meisten Rezepte habe ich aus Büchern meiner Mutter heraus geschrieben, einige notierte ich während aufmerksamen Zusehens beim Backen.

So geschah es beispielsweise als Oma Hilde ihren Hefeteig zubereitete.

Meine wortwörtlichen Notizen:

Hefeteig
(in Klammern: _für 1 Blech→ kleineres helles_)

- _Milch erwärmen_
- _400g Mehl in Schüssel →darin kl. Kuhle machen + ca. von ¼ Milch etwas dort hinein + zerstückelte Hefe_
- _mit Stab (von Kelle) Hefe in Milch + einigen Krümeln Zucker „schlagen" zum Gehen; dünn Mehl und Zucker darüber (ges. Zucker: 120g)   gehen lassen_
- _150g Fettigkeiten (Margar.) dazu, evt. noch Weißfett + Zitronenschale u.evt. noch Milch_
- _KNETEN_
       bis sich Teig von Händen löst (evt. noch Milch dazu) u. ein Schlückchen Weinbrand
- _Teig gleichmäßig auf Blech verteilen u. nochmal ca. ¼ St. – 20 min gehen lassen_

Bei uns zuhause backte Oma Erika jeden Freitag ein Blech Hefekuchen. Zum Kaffee verzehrten wir - oft noch lauwarm - bereits die ersten Stückchen und am Sonntag, dem dritten Tag, hatten wir den kompletten Kuchen verputzt. Ich möchte Sie an weiteren Rezepten teilhaben lassen.

Folgendes Rezept steht gleich auf Seite1:

Negerküsse
(heute politisch korrekt: Schokokuss)

4 Eiweiß, 1 Pr. Salz, 200g Zucker, 1x Gelantine, 1 ½ Tafel kakaohaltige Fettglasur
Die Gelatine quellen lassen, Eiweiß schlagen, Zucker dazu und wieder schlagen. Die Gelatine mit heißem Wasser auflösen und durch ein Sieb gießen und wieder schlagen. Die Masse wird dann fester und kann auf Waffeln oder Kekse (Filinchen) gespritzt werden. Zuletzt in Fettglasur tauchen.

Mit zwei meiner Cousins haben wir das Rezept gemeinsam ausprobiert. Als Boden verwendeten wir runde Kekse. Ich weiß noch ganz genau, dass es in den Winterferien war.

Quarkspitzen
500g Mehl, 500g Quark, 4 Eier, 125g Fettigkeiten, Zitrone, Zucker, Backpulver → zu Teig kneten → in heißem Fett backen und in Zucker sielen

Quarkspitzen backen wir in der Familie auch heute hin und wieder. Zu Zeiten als ich im Jugendalter mit meiner Clique feierte, hab ich zu Silvester gern Quarkspitzen gebacken und eine einzige statt in Zucker liebevoll in Salz gewendet.

Hirschhornkuchen

250g Mehl, 100g Margarine, 125g Zucker, 2 Eier, ¼ Tasse warme Milch, 1 Teel. Hirschhorn-salz, ½ Backpulver, 1 Vanillezucker, 3 Kaffeelöf-fel Kakao

Weiche Butter und den Zucker verrühren, Eier dazu geben, (Hirschhornsalz in warmer Milch auflösen)

400g Zucker, ½ Hartfett + 1/3 Butter, 4 Eier, Schnaps, Kakao für die Schokoglasur

Den Hirschhornkuchen hat Oma Erna – die Oma meines Cousins gebacken. Ich liebte als Kind den außergewöhnlichen Geschmack durch das Hirschhornsalz – Gewürz.

Apfeltorte mit Decke

300g Mehl, 200g Margarine, 150g Zucker, 1 Ei, ½ Backpulver → zu Teig kneten;
2/3 Teig in eine Form geben, darauf Apfelmus oder geschnittene Äpfel; darauf den Rest des Teiges

Ich glaube, wir haben die Äpfel für den Belag kurz gedünstet. Diesen Kuchen backten wir natürlich oft zur Apfelzeit.

Wer Zimt mag, kann dem Kuchen damit übrigens noch einen Hauch wärmende Würze geben. Kardamom und Vanille eignen sich ebenfalls zum Verfeinern.

Die Rezepte von *Nusstörtchen* (ich liebte sie von Café Rose in Dahme), *Baumkuchentorte, Bienenstich, Ameisenkuchen, Click-Torte, Apfelstrudel, Windbeutel, Schweinsohren, Kirmeskuchen, Rehrücken, DDR-Torte, Teufelskuchen und vielen anderen mehr* würden den Rahmen dieses Buches sprengen.

Wenn es sich um ein ertragreiches Jahr handelte, konnten wir uns vor Äpfeln aus dem eigenen Garten kaum retten. Große, kleine, rote, gelbe, grüne, winterhart oder zum baldigen Verzehr und jede Sorte auf ihre Weise schmackhaft.

Wir lagerten die Äpfel auf einem Boden auf dem Boden (ein kleines Wortspiel).

Dieser Hausboden befand sich in einem Nebengelass. Um dorthin zu kommen, stellten wir eine Leiter an die Hauswand. Diese kletterten wir mit samt den Apfelkörben hinauf und gelangten durch eine Luke in den Raum.

Meist kniete jemand vor der Luke, um dem anderen den Korb abnehmen zu können.

Den gesamten Boden hatten wir mit Zeitungspapier ausgelegt. Darauf platzierten wir Apfel für Apfel – ganz sanft, damit sie keine Druckstellen bekamen.

Ich mochte die Apfelernte!

Mit gefülltem Korb durchs Hintertürchen

Mein Heimatdorf hatte den Luxus eines eigenen Bäckers samt Laden.
An das schmackhafte Brot erinnern sich heute auch noch etliche Auswärtige.
Wenn manche Leute hören, woher ich stamme, erzählen sie mir, dass sie wegen des guten Brotes auf der Durchfahrt auch schon am Bäckerladen Stopp gemacht haben.

Ich weiß noch, dass es dort leckere Spritzkuchen gab. Bei Brot und Brötchen war niemals an solch eine Auswahl, wie wir sie heute haben, zu denken. Ob das nun gut oder schlecht ist, sei dahin gestellt.

Innerhalb der Familie erinnern wir uns an Roggen-, Misch-, Kaviar- beziehungsweise Weißbrot. Wer das gute alte DDR-Weißbrot kennt, dem müsste jetzt der Zahn tropfen. Im Café Plätzchen in Herzberg gibt es solch Brot!
Mir tropft er ehrlich gesagt bei dem Gedanken an das kastenförmige Roggenbrot noch mehr. Ob es der gute Geschmack war oder die schöne Form zusätzlich beisteuerte? Ich naschte davon generell, obwohl es für die Hühner sein sollte. Opa stellte es meist auf die abgedeckte Schrotkiste in der Futterkammer.

Man hätte denken können, Mäuse haben daran geknabbert. Aber nein – die vielen Löchlein stammten von meinem Herumpulen.

Beim Brötchenangebot kann ich mich an „normale" helle erinnern. Schusterjungen und Rosinenbrötchen sind wahrscheinlich aus neuzeitlichem Gedächtnis. Desweiteren erhielten wir Semmeln und sogenannte Knüppel, die laut meiner Mutter mit Milch gebacken waren. Jedenfalls kauften wir sie zum Frikassee, wenn das zu Festlichkeiten serviert wurde.

Es gibt bei uns im Ort einige Personen, die gern davon berichten, wie sie meinen Opa und mich auf dem Weg zum Bäcker beobachteten. Als ich noch ein ganz kleines Mädchen war und auf dem Weg des Öfteren innehielt, um die Welt zu entdecken, wartete Opa als wäre es selbstverständlich, geduldig bei mir.

Frau Thor erzählte, selbst wenn der Laden in der Zwischenzeit schließen würde, Opa hätte niemals gedrängelt.

Ich brachte mal Gegenteiliges fertig.

Ob nun aus Ungeduld oder Langeweile? Während ich jedenfalls im Trabi warten sollte oder wollte, während Opa Oma vom Friseur abholte, kam ich auf den Gedanken hinterher zu gehen. Ich wollte schlau sein und hatte beobachtet, dass man vor dem Zuwerfen der Autotür den Knopf zum Verschließen herunter drücken kann.

Das tat ich. Was ich leider nicht bedacht hatte: der Schlüssel steckte drinnen. Wir hatten das Glück auf unserer Seite.

Jemandem aus der Nachbarschaft gelang es, durch einen kleinen offenen Fensterspalt mit einem Draht an den Türknopf zu gelangen.

Zurück zum Bäcker und seinen Backwaren, zu denen auch Ammonplätzchen (Amerikaner), Liebesknochen und Pfannkuchen zählten.

Wir trugen jedoch beim Bäcker nicht nur hinaus, sondern manchmal auch hinein; ab und zu obendrein durch den Hintereingang. Durch den musste ich nämlich, wenn ich außerhalb der Öffnungszeiten ein Körbchen voller Zutaten für eine Torte brachte. Für Feiern und Jubiläen bestellten wir sie dort (zuhause zauberten Mutti und Oma diverse Hefekuchen, Obstböden und einiges mehr).

Meine Anlieferung bestand je nach Torte aus Eiern, einem halben Stück Butter (sicher für die Creme), Kakao (aus dem „Westpaket"), Kaffee, aus eigenem Garten eingeweckte Kirschen, Ananas und Mandarinen in der Dose aus dem Delikat-Laden oder ebenso dem „Westpaket". Daraus wurden schmackhafte Schoko-, Schwarzwälder-Kirsch-, Ananas- oder Mandarinen-Buttercremetorten.

Und wenn wir mit leeren Händen durchs Hintertürchen hinein verschwunden waren, kehrten wir Torten tragend wieder zurück.

Die Treppenstufen voller Milchflaschen

Fast jeder Ort hatte seinen eigenen Konsum. Der Konsum war hauptsächlich ein Lebensmittelgeschäft. Dort erhielten wir Waren des täglichen Bedarfs – auch wenn diese Waren nicht täglich im Angebot waren.

Das Geschäft hatte von neun bis achtzehn Uhr geöffnet. Es könnte sein, dass über Mittag eine Stunde oder sogar zwei geschlossen war. Auf dem Dorf kauften wir verhältnismäßig große Mengen Milch. Die gab es damals in Halbliter-Flaschen mit Alu-Verschlusskappen. Meine Tante, die in der Nähe Berlins wohnte, kaufte Milch in Beuteln. Das fand ich cool – war eben etwas anderes. Tante Hannelore reinigte und trocknete die leeren Milchtüten. Wenn sie zu Besuch kam, brachte sie meist einen Stapel davon mit. Die Tüten eigneten sich wunderbar als Frühstücksbeutel. Darin hielten sich die zuvor in Butterbrotpapier eingewickelten Schnitten lange frisch.

Zurück zu unserer Konsum-Milch. Wir holten pro Tag vier Flaschen. Das ergab fürs Wochenende eine Summe von zwölf. (Haben Sie nachgerechnet? Zwinkern!) Samstags hatte der Konsum zu, drum wurde freitags alles geholt.

Sie können sich vorstellen, dass wir da zu zweit einkaufen gingen oder in zwei Gängen.

Ein großer Teil der Milch war für die Tiere, nicht nur die Katzen wurden damit gefüttert. Die leeren Flaschen waren Pfandflaschen und wurden sauber wieder zurück getauscht. So etwas wie Flaschencontainer kenne ich aus meiner Kindheit nicht. Bei jeglichen Flaschen handelte es sich um Pfandflaschen. Geld gab es dafür auch durch die Altstoffsammlung (S.118)

Ich wage sogar zu behaupten, dass die täglich frisch gelieferte Milch vor dem Konsum abgeladen wurde und dort einige Zeit stand. Die Milch-Stammkunden machten sich dann bereits vor den Öffnungszeiten auf den Weg und holten sich ihre Tagesration, die später im Laden bezahlt wurde. Das war Vertrauenssache und funktionierte.

Irgendwann kam eine Zeit, in der die Milch vielleicht knapp war. Da standen auf der Treppe des Konsums neben den leeren Kästen und Flaschen vom Vortag schon Körbchen und Beutel der Kunden, um sich von der Verkäuferin das Tageskontingent sichern zu lassen. Mein Weg zum Schulbus führte am Konsum vorbei. So stellte ich manchmal unsere Milchtasche auf die Stufen. Wenn die frische Milch schon geliefert worden war, tauschte ich gleich leere gegen volle Flaschen.

Pappe voll

Auf dem Dorf hielten sich viele Familien Tiere, darunter oftmals Hühner. Wir verzehrten die haus- und hofeigenen Hühnereier, nutzten sie zum Kuchen backen oder für Omas wunderbaren Eierstich (einer klassischen Hochzeitssuppeneinlage aus gestocktem Ei – für die, die mit dem Begriff nichts anzufangen wissen)und mehr.

Außerdem schlachteten wir Hühner, um eine Brühe beziehungsweise stärkende Suppe zu kochen. Solch ein Hühnersüppchen ist wohltuend bei Erkältung und zum Beispiel für Wöchnerinnen aufbauend.

An dieser Stelle muss ich unbedingt eines meiner Lieblingsgerichte nennen – das Frikassee! Es war vor allem früher ein nicht wegzudenkendes Festtagsessen. Mmmh.

Die Eier waren jedoch nicht allein zum Eigenbedarf. Sie wurden in flachen Pappen zu 30 Eiern gesammelt. Einmal in der Woche hatte die Eierannahmestelle im Dorf geöffnet, wohin wir diese dann brachten.

Anfangs war es Opa, der die Pappen vorsichtig in den Handwagen stapelte und zur Annahmestelle transportierte.

Ich begleitete ihn gern und lernte, was es dabei alles zu beachten gab, um es später auch allein zu machen.

Täglich wurden zuhause die frisch geholten Eier vorsichtig mit Bleistift oder einem Stempel für die Abgabe markiert, damit nachzuvollziehen war, von wem und wann die Eier stammten.

Manchmal warteten auf dem Hof von Trudchen - so hieß die Frau von der Annahmestelle - schon Leute in einer Schlange. Es dauerte seine Zeit, bis die vielen Eier gezählt und gewogen waren. Die Ergebnisse wurden ins „Eierbuch" eingetragen. Hatte man eine bestimmte Summe erreicht, gab es neben dem Eiergeld auch einen Sack Weizen.

Der wurde wiederum zur Fütterung des Federviehs verwendet. So kam nach und nach jeder dran und während der Wartezeit hatten sich die Ortsbewohmer genug zu erzählen.

Als mit der Wende die Eierannahme ihre Funktion verlor, standen wir erst mal mit einer Menge Eier da. Wir schafften Abhilfe, indem wir daraus Eierlikör fertigten und von dem reichlich übrigen Eiweiß Baiser backten.

Baiser hatte ich bisher nur mit Sahne gefüllt oder als leckere knusprige Baiser-Torte im Café Rose in Dahme gegessen.

Nebenbei bemerkt: Baiser-Torten erhalten Sie heute noch im Café Rose in Dahme!

Der Geschirrspüler unterm Tisch

So gern, wie ich mit meinen Großeltern backte und speiste, mit so viel Spaß half ich ihnen auch bei allen anfallenden Hausarbeiten. Der erste Geschirrspüler, den ich bei Oma kennen lernte, befand sich unterm Küchentisch.

Von dort konnte man ihn hervorziehen. Es handelte sich um einen beweglichen Teil des Tisches, in dem sich zwei große Schüsseln befanden. Die eine Schüssel nutzten wir zum Abwaschen, die andere, um das gewaschene Geschirr abzustellen.

Vorher ließ sich der Abwasch gut versteckt darin sammeln, so dass selten sichtbar schmutziges Geschirr herum stand. Auch aus heutiger Sicht finde ich das für die damalige Zeit eine geniale Erfindung.

Später hatten meine Großeltern, die nur ein Dorf weiter wohnten, wie wir zuhause einen Spülschrank direkt unterm Wasserhahn. Ich habe schon immer gern abgewaschen. Manchmal war es in den Ferien so, dass ich zuhause Mittag aß und anschließend die drei Kilometer zu den anderen Großeltern radelte. Dort gab es später Mittagessen.

Denken Sie nicht, dass ich vorhatte, ein zweites Mal zu essen. Ich kostete vielleicht mal ein Löffelchen voll.

Ansonsten wollte ich meiner Oma mit dem Abwaschen Freude bereiten. Meine heimische Oma war an der linken Hand gehandicapt, die andere Oma an der Hüfte, was das Aufstehen, Gehen und Stehen beeinträchtigte.

Wenn ich mich dann mit kindlicher oder später jugendlicher Leichtigkeit und Eifer um den Abwasch und andere Küchenarbeiten kümmerte, hatte Oma ihren Spaß.

Gleichzeitig lief nämlich der Stern Recorder, aus dem Schlager erklangen. Oma summte, sang und wippte auf ihrem Stuhl, während ich mit dem Popo wackelte.

Früher hielten sich die Menschen mehr in der Küche auf. Durch Herd und Ofen war es hier die meiste Zeit angenehm warm. Außerdem gab es für den, der wollte, immer irgendwas zu verarbeiten und zuzubereiten. Das taten die Frauen damals glaub ich mit anderer Einstellung oder Überzeugung als heute.

Während bei uns zuhause ein Elektro- als auch ein Gasherd nebeneinander standen, war es bei Oma Hilde desweiteren ein mit Kohlefeuer beheizter Kochofen. Das Feuer loderte fast den gesamten Tag. Anfallende Papierreste konnten umgehend darin verschwinden und ließen die Glut immer wieder aufflammen.

Der gute alte Pfeifkessel stand auf diesem Ofen und sorgte fortwährend für heißes oder zumindest warmes Wasser. Bei uns daheim pfiff der Kessel auf der Flamme des Gasherdes.

Schon immer saßen Menschen gern ums Feuer. So trägt vielleicht die Küche einen ewigen Stempel von Wärme, Nahrung, Versorgung und Beisammensein in sich und lässt uns Menschen allezeit wieder gern an diesem Ort zusammen finden.

„Die Küche ist eine Welt,
deren Sonne der Kochherd ist."
(Victor Marie Hugo)

„Wenn das Feuer in der Küche
ausgeht, so löscht es
auch in den Herzen aus."
(Deutsches Sprichwort)

„Die Küche ist die schönste Zier
des ganzen Hauses,
glaube mir!"
(Sprichwort)

Gelobte Schulspeisung

Die Schule, in die ich eingeschult wurde, war ein Schuljahr zuvor eröffnet worden – also nigelnagelneu. Aus heutiger Sicht ist mir erst bewusst geworden, wie modern sie war und welches Glück ich dabei hatte.

Neben dem eigentlichen Schulgebäude existierte eine ebenfalls neu errichtete Turnhalle. Zu dieser gehörte ein mit Aschenbahn angelegter Sportplatz samt Weitsprunganlage. Hinter dem großflächigen Pausenhof befand sich die kleine Schulgartenanlage und abschließend ein Gebäude, in dem TZ (Technisch Zeichnen) und PA (Produktive Arbeit) oder ESP (Einführung in die sozialistische Produktion) – kurz Polytechnik - unterrichtet wurden.

Außerdem gehörte zum gesamten Areal ein Flachbau mit großer eigener Küche und Speisesaal. Wie wertvoll die Schulspeisung vielmehr die Versorgung überhaupt war, ist mir erst in den letzten Jahren klar geworden. Ich bin so aufgewachsen – für mich galt das als selbstverständlich, in der Schule versorgt zu werden.

Inzwischen weiß ich, dass das leider nicht der Normalität entspricht und viele Kinder und Jugendliche nicht die Möglichkeit haben, zur Mittagszeit ein gescheites warmes Essen einnehmen zu können.

Wir brauchten in der Frühstückspause um 9:10 Uhr und zwei Stunden später zur Mittagspause lediglich über den Schulhof. Bei Regen oder Schnee war uns das schon lästig.

In der ersten Klasse frühstückten wir im Klassenraum. Dafür hatte jeder sein Platzdeckchen dabei. Ich mochte meins sehr. Es war abwaschbar und gefiel mir, weil sich das Material so gut anfühlte. Ich glaube, es war cremefarben mit vanillegelbem Rand und hatte rechts unten ein Kätzchen als Aufdruck.

Zwei Schüler der Klasse waren zum wöchentlichen sogenannten Milchdienst eingeteilt. Sie hatten die Aufgabe, den Kasten aus dem Speisesaal in den fast ebenerdigen Klassenraum zu tragen. In meiner Klasse waren wir fünfzehn Kinder.

Wir konnten zwischen Frucht-, Schoko- und weißer Milch wählen. Zur Aufgabe des Milchdienstes gehörte, die korrekte Zusammenstellung des Milchkastens zu beachten. Wir tranken die Milch gewöhnlich aus Flaschen. In Ausnahmen wurde sie im pyramidenförmigen Tetrapack geliefert.

Für die Pausenmilch und das Mittag kauften wir uns zu Wochenbeginn oder bereits in der Vorwoche Milch- und Essenmarken.

Ich glaube, für eine Woche Mittagessen – also fünf Mahlzeiten bezahlten wir fünf Mark fünfzig. Den Milchpreis weiß ich nicht mehr. Mir ist wie zwei Mark vierzig. Weiße Milch hatte wahrscheinlich einen anderen Preis als die Schoko- und Fruchtmilch.

Im Klassenraum gab es auch einen Tischdienst, der nach dem Frühstücken dafür verantwortlich war, die Tische abzuwischen. Unsere „Milchdeckchen" hatten wir in der Zwischenzeit zusammengerollt und wieder in das Fach unter dem Schultisch gelegt.

Auf irgendeine Art konnten wir uns in der Schule behütet fühlen. Aufs Schulgelände kam kein Fremder. Es war eingezäunt, wenn das Tor auch tagsüber nicht verschlossen war.

An das Verbot, das Gelände während der Schulzeit nicht zu verlassen, hielten wir uns. Durch das eine Tor mussten wir, um zur Turnhalle zugelangen. Durch das andere Tor gingen die Schüler, die mit dem Fahrrad oder Moped zur Schule gekommen waren. Denn unmittelbar davor befand sich der großzügig gebaute Unterstand.

Alle Schulbusse hielten direkt vor der Schule. Von der Hauptstraße machte die Straße einen Bogen direkt vor der Schule entlang. Zwischen der abbiegenden Straße für den Busverkehr und der Hauptstraße befanden sich ein Grünstreifen, den es nicht zu betreten galt sowie der Lehrer-Parkplatz.

Interessanterweise war der Haupteingang der Schule für uns Schüler tabu – außer es ging heftiger Ostwind. Dann hatten wir die Pflicht, das Haus durch den Vordereingang zu betreten beziehungsweise zu verlassen.

Ich braves (Lehrer-)Kind erhielt auch mal eine Rüge, weil ich mir erlaubte, den Haupteingang zu benutzen. Der Unterricht hatte bereits begonnen. Es war also mitten in der Stunde und die Gefahr erwischt zu werden, relativ gering. Die Lehrerin, die mich ertappte, hatte wahrscheinlich durchs Fenster beobachtet, wie Papa mich direkt vor dem Eingang aussteigen ließ. Ich lief ihr im Flur sozusagen direkt in die Arme als sie „zufällig" aus dem Klassenraum kam.

Wenn Papa mich zur Schule brachte, hatte ich nicht verschlafen oder den Bus verpasst, sondern kam mit ihm vom Würstchen essen... Nun denken Sie vielleicht Häääh? Die Auflösung lesen Sie im folgenden Kapitel.

Ein Schlusswort zum geschützten Schulareal. Ein- später zweimal in der Woche blieben wir bis zum späten Nachmittag in der Schule. Da hatten wir AG (Arbeitsgemeinschaft) oder acht Stunden Unterricht.

Ausschließlich mit Erlaubnis durften wir dann das Gelände verlassen, um zur schräg gegenüberliegenden Gaststätte zu gehen.

Die Betreiber waren nämlich auf die geniale Idee gekommen, Softeis anzubieten.

Für den Fall, es gab kein frisches Eis, konnten wir hoffen, eingefrorene Eistüten zu bekommen. Die waren auch lecker!

Außerdem war eine Eistüte eine Rarität. Im Konsum-Eisfach befand sich eventuell Schoko-, Frucht- oder Vanilleeis in Bechern oder an Glückstagen Moskauer Eis zwischen zwei Waffeln. Mehr Auswahl gab es nicht.

„Eene, Tene Tintenfaß,
jäh nach Schule un lerne was.
Lernste was,
dann kannste was.
Kannste was,
denn biste was.
Biste was, dann haste was.
Eene, Tene Tintenfaß.“
(Berliner Kinderreim)

Die zwei hochgewachsenen Jungs

In gewissen Abständen hatte ich einen Termin beim Kieferorthopäden.

Mutti konnte als Lehrerin nicht einfach vom Dienst weg. Papa war es möglich, für ein paar Stunden die Arbeit zu verlassen und seinen Dienst zu verschieben.

Papa war ein beruhigender Begleiter und die Freude auf unser anschließendes Ritual besänftigte zudem mein innerliches aufgeregt sein während des Wartens.

Wir versuchten immer gleich einen Termin ganz früh zu bekommen. Das war dann zwischen sieben und halb acht.

Im Wartezimmer traf ich oft Zwillinge – zwei Jungs, die auch in Begleitung ihres Vaters erschienen. Wenn man sympathische Leute wiedertrifft, schafft das irgendwie Vertrauen. Neben dem Zwillingsdasein hatten die Jungs und ihr Vater ein weiteres Merkmal – sie waren überaus groß.

Das war auch ein Wiedererkennungszeichen als sie mit ihren Mitschülern nach den ersten vier Jahren in einer anderen Schule in die unsere wechselten.

An einen Jüterboger Jungen, den ich ebenfalls häufig im Wartezimmer des Kieferorthopäden traf, erinnere ich mich auch gern. Den fand ich nämlich so hübsch. Er hatte leuchtend schöne blaue Augen. Ich weiß noch heute seinen Namen und schmunzle, wenn ich wie jetzt an ihn denke. (Was für eine Schwärmerei.)

Die Jüterboger Kinder konnte man daran erkennen, dass sie ab einem gewissen Alter ohne Begleitung erschienen. Sie brauchten nicht gefahren werden, sondern kamen zu Fuß oder mit dem Fahrrad.

Und während ich diese Zeilen tippe, kommt die Erinnerung an einen weiteren gut aussehenden Jungen im damaligen Warteraum.

Ihn habe ich vor wenigen Jahren auf einem vierzigsten Geburtstag wieder getroffen und erst jetzt weiß ich, woher ich ihn kannte.

Nun genug von den Jungs. Allerdings stellt sich mir gerade die Frage, ob ich nur ein Auge für sie hatte oder ob die Burschen tatsächlich beim Kieferorthopäden in der Überzahl waren.

Wie jeder war ich jedenfalls froh, wenn ich wieder gehen konnte. Zu unserer Zeit trugen wir keine festen Spangen. Man konnte sie heraus nehmen, was wir schon wegen der Pflege täglich taten und auch, weil sie lästig waren. Mancher von uns hatte Glück und brauchte seine Spange nur nachts tragen.

Ich erinnere mich nur, dass ich eine unregelmäßige Trägerin war und das, obwohl sonst so ehrgeizig. Erst ein oder zwei Nächte vor dem anstehenden Kontrolltermin setzte ich meine Spange nachts ein. Das drückte dann natürlich ganz schön und war ja nicht Sinn und Zweck der Sache.

Wenn ich so drüber nachdenke ... ich glaube, die Spange war „für oben und unten". Wenn ich den Mund öffnete, hing also immer ein Teil in der Luft. Das war sicher ein Model für die Nacht oder sonst eher etwas für ein Gruselkabinett.

Aber alles hat seine zwei Seiten – so auch der Besuch beim Kieferorthopäden. Der krönende Abschluss – unser Ritual – lautete Bratwurst! Je nach zeitlicher Situation verspeisten wir sie direkt am Stand oder während der Fahrt. Mein Ankommen in der Schule berechneten wir ein bisschen. Ich weiß gar nicht mehr, wann es mir am liebsten und wann am unangenehmsten war. Wahrscheinlich mochte ich, mich in der Pause unter die anderen zu mischen statt mitten im Unterricht zu erscheinen und von allen angeschaut zu werden.

So einige Male landete ich allerdings mitten im Unterricht und musste anklopfen. Nun könnte man denken, das trainiert. Als wir jedoch im Deutsch-Unterricht folgende Übung machten, verblüffte mich das Ergebnis.

Immer zwei Schüler sollten vor die Tür gehen, dann anklopfen, herein kommen und eine
Entschuldigung vortragen. Mein Mitschüler
und ich wurden erneut nach draußen verwie-
sen und das mehrfach.

Wir wussten einfach nicht, was wir falsch
machten. Auch nach den noch so freundlichs-
ten Formulierungen, war die Lehrerin nicht
zufrieden und klärte uns auf: unser Fehler lag
darin, dass wir stets sagten: „Ich entschuldige
mich" oder „Ich möchte mich entschuldigen".
Korrekt wäre die Bitte darum, dass der andere
es entschuldigt; nicht ich selbst kann es entschuldigen. Seither sitzt es!

„Ein Versuch
ist keine Entschuldigung
für mangelndes Wissen."

(Erhard Blanck)

Warum ich lange keinen Mann hatte

Durch Oma Erika kam ich mit Aberglauben in Kontakt. Was ist Aberglaube eigentlich? Wikipedia sagt: „Aberglaube, *seltener* Aberglauben, *bezeichnet abwertend einen „als irrig angesehener Glauben an die Wirksamkeit übernatürlicher Kräfte in bestimmten Menschen und Dingen"*.

Oma achtete zum Beispiel darauf, dass zwischen Weihnachten und Neujahr (eigentlich gilt das bis zum 6.Januar) keine Wäsche aufgehängt wurde, vor allem keine Nachthemden und Bettwäsche. Es hieß, das würde Unglück bringen und wurde mit dem Tod in Verbindung gebracht.

Erst kürzlich hörte ich darüber: in der Zeit von Weihnachten bis zum 6.Januar herrschen ja die sogenannten Rauhnächte. In dieser Zeit sind die Schleier zwischen den Welten dünner und dunkle Mächte am Himmel unterwegs. Sie würden sich in Betttüchern und Nachthemden verfangen und diese im darauffolgenden Jahr zu Leichentüchern bzw. -hemden machen.

Eine keine Angst machende Überzeugung war, dass Reis essen am Neujahrstag Geld bringt. So, wie der Reis quillt, würde auch das Geld im begonnenen Jahr quellen.

Wofür ich kein Verständnis hatte, war Omas „Eierkuchen-Glauben". Sie meinte, wer den ersten Eierkuchen isst, bekäme keinen Mann.

Das wollte ich nun überhaupt nicht wahr haben, denn der erste Plins lockte mich immer am meisten. Er war so goldgelb und äußerst anziehend.

Ich weiß noch, dass Oma mich einmal erwischte, als ich den allerersten Plins vernaschte. Sie war sehr böse auf mich – wollte sie doch, dass ihre Andrea mit einem Mann glücklich wird.

Heute schäme ich mich etwas dafür, hab ich doch Omas gut gemeinte Worte in dem Moment missachtet. Und viele Jahre später hab ich oft daran gedacht, denn lange Zeit war ich allein und ohne Mann!

„Der heutige Aberglaube:
Ich glaube, aber ..."

(Gerhard Uhlenbruck)

In Gardine zur Jugendweihe

Als ich Kind und Jugendliche war, ließen viele Leute bei einer Schneiderin nähen: Kleider, Röcke und Blusen zu Feierlichkeiten, Oma auch ihre Trägerröcke (die eigentlich Trägerkleider waren), Hosen aus vom Urlaub mitgebrachter Popeline.

In unserer Gegend fuhr man gern ins sogenannte Russenmagazin. Magazin kommt sicher vom russischen Wort *Magasin*, was Geschäft heißt.

In Altes Lager – ein Ort bei Jüterbog – waren aus der Zeit nach dem Zweiten Weltkrieg viele russische Soldaten zum Teil mit ihren Familien stationiert.

Dort gab es in den Geschäften neben uns gewohnten Produkten auch solche sowjetischen Fabrikats. Zu beliebter Einkaufsware gehörten Letscho, Erdnussflips und Stoffe.

Die Kundschaft begehrte die nicht alltäglichen Waren und kam teilweise von weit her.

Hatten wir dort schönen Stoff bekommen, fuhren wir mit dem zu unserer nur zwei Dörfer weiter wohnenden Schneiderin, um daraus etwas Schönes nähen zu lassen.

Für meine Jugendweihegarderobe hatte ich im Jugendmode-Geschäft unter den extra und ausschließlich für Jugendweiheanwärter verkauften Kleidungsstücken ein hübsches weißes Blüschen sowie eine für damalige Zeit cool gemusterte und farblich außergewöhnliche Hose ergattert. Über die fesche Hose freute ich mich, zur Jugendweihe wollte ich jedoch einen Rock tragen.

Es mag unglaublich klingen, aber diesen nähte die Schneiderin aus einem dichten Gardinenstoff. Dem Rock war nicht anzusehen, dass er eigentlich eine Gardine war. Dazu trug ich ein geschneidertes Bolero-Jäckchen sowie einen breiten Gürtel mit großer Schleife am Rücken aus selbigem Stoff. Beides in einem Hellblau, wie es sich im Rock wiederfand.

Einen Hauch von Brillantblau hatte auch das Kleid einer Prinzessin, die vom Dorfe kam. Diese Prinzessin war ich – allerdings auf einen Tag; nämlich den des Faschings - begrenzt.

Zu dem Glück unsere wunderbare Schneiderin zu haben, gehörte ebenso, dass sie eine Tochter hatte. Diese war ein Jahr älter als ich und mit ähnlichen Proportionen. Darum konnte ich mich glücklich schätzen, die herrlichen selbstgenähten Faschingskostüme oft im darauf folgenden Jahr tragen zu dürfen.

So wurde ich wunderschöne Prinzessin, ein anderes Mal eine hübsche kleine Ungarin.

Irgendwann verkleidete ich mich als fürstlich ausschauender Postillion. Trotz des schönen Kostüms konnte ich mich nicht auf den Faschingstag freuen. Ich wusste nämlich, dass jeder für alle gut sichtbar auf einem Tisch stehend, sein Gewand vorzustellen hatte.

Meine erste Sorge war, den Tisch ansehnlich zu erklimmen beziehungsweise überhaupt zu schaffen, auf ihn zu steigen.

Weitere Bedenken rührten daher, dass ich das Wort Postillion ständig vergaß. Meine Eltern hatten jedoch die glorreiche Idee, in meiner Postillions-Umhängetasche einen Spickzettel bei mir zu führen. Und siehe da – ich benötigte ihn gar nicht. Nachdem ich wie alle über einen Stuhl auf den Tisch geklettert war, sagte ich stolz, dass ich der Postillion bin.

Zu Kindergartenzeiten war ich mal ein hübscher Clown. Als dieser trug ich ein Oberteil in schwarz weiß auf dem eine große gelbe Blüte befestigt war. Darüber ragte eine weiße Halskrempe. Die rechte Hälfte des Oberteils war schwarz, die linke weiß. An der Hose verhielt es sich andersherum.

Einzig ärgerlich an diesem Tag war, dass ständig mein Hütchen rutschte. Dabei sah es so hübsch aus. Es erinnerte an einen Würfel und war passend zum Kostüm gebastelt. Auf den Fotos ist deutlich sichtbar, wie unzufrieden und verärgert ich dreinschaute.

Eine Faschingserinnerung hat mich geprägt und lässt bis heute das unschöne Gefühl von damals in mir aufsteigen. Zu diesem Fasching war ich als Indianerin verkleidet. Ich trug eine Kombination aus Hemd und Hose, die wie echtes Wildleder aussah.

Ich weiß noch, dass ich an diesem Tag im Schulbus recht weit vorn saß. An einer Haltestelle stiegen durch die hintere Tür ein paar Jungs ein und ich hörte, wie einer von ihnen sagte: „Guck mal, da sitzt 'ne Hexe".

Bis heute weiß ich überhaupt nicht, ob sie mich meinten. Aber ich ging davon aus, da ich eine Perücke mit lockigem dunklen Haar trug. Für mich war der Tag gelaufen, denn ich fühlte mich hässlich und abgelehnt.

(Nebenbei bemerkt: Es ist möglich, dass solche Erlebnisse noch Jahrzehnte später unser Leben beeinflussen, denn unser Unterbewusstsein speichert ALLES, was wir bewusst oder unbewusst erleben. In meiner Arbeit helfe ich Menschen, derartige „Verstrickungen" zu lösen.)

Zum Abschluss: unsere „Haus-und-Hof-Schneiderin" hat es im wahrsten Sinne des Wortes auf den Punkt gebracht.

Zu einer Hochzeit gingen meine Mutter und ich im Partnerlook. Jede von uns war in einen Stufenrock, eine schneeweiße Bluse und eine gesteppte Weste gekleidet – meine Mutter blau mit weißen Punkten, ich rot und weiß gepunktet. Schick waren wir – Dank ihr!

Als Braut in Sonnengelb

Eigentlich war ich bisher nie verheiratet und doch habe ich mich zweimal getraut und geheiratet: einmal im heiratsfähigen Alter beim DHfK-Fasching. Unser Ja-Wort (das von Maik und mir) war von vornherein auf ein Jahr festgelegt. Das andere Mal befand ich mich noch nicht im heiratsfähigen Alter, doch das Beisein meiner Mutter erlaubte sicherlich die Verehelichung.
Mein Angetrauter hieß Henrik und war mein Cousin. Wir hatten das gleiche Alter.

Für unsere Hochzeit gab es vermutlich folgende Motivation: in Omas Wohnzimmer lag im Schrank hinter den Handtüchern oder Tischdecken ein Tütchen. In diesem befanden sich eine weiße Fliege, die Brauthandschuhe und der Schleier meiner Frau Mama. Ich weiß, dass ich dieses Beutelchen ganz oft hervor holte und auspackte. Es faszinierte mich.

Es war Sommer als wir uns vor wenigen Gästen das Ja-Wort gaben. Ich trug ein gelbes Kleid mit rotem Volant. Darauf eine cremeweiße Perlenkette.

Die kurzen Ärmel endeten in feinen Rüschen. Muttis Schleier schmückte mein Haar. Er fiel sanft bis auf meine Knöchel.

Im Farbton des Schleiers trug ich weiße Kniestrümpfe. Mein Brautstrauß bestand aus drei lang geschnittenen wunderschönen Gladiolen aus unserem Garten.

Bei dem Brautkleid in ungewöhnlicher Farbe handelte es sich um ein Nachthemd aus einem Westpaket. Die Brautschuhe waren der Kracher – braune Clogs!

Ich glaube, dass die Clogs und das Nachthemd zeitnah per Paket angekommen waren und die eigentliche Idee zur Hochzeit brachten. Ich fand die Clogs nämlich ganz toll.

Der Bräutigam hingegen ging in roten Schuhen. Ob die mir gehörten? Diese und sein Hemd bildeten jedoch eine farbliche Harmonie mit meiner Garderobe.

Ich heiratete einen Gentleman, der Fliege und Zylinder trug. Auf Fotos ist hinter uns der Kinder- (Puppen-) wagen zu sehen. Es war also höchste Zeit fürs Ja-Wort ☺.

Wir feierten im trauten Heim im Wohnzimmer, wo laut Foto Mutti, ein Teddy und eine uns heute rätselhafte Person, die die Fotos gemacht hat, anwesend waren.

Mutti trug über ihrem korallfarbenen T-Shirt eine wollweiße gehäkelte Stola. Diese war eigentlich das Tuch, welches das Kissen am Fußende meines Puppenwagens bedeckte.

Mutti hatte den Tisch feierlich hergerichtet.

Auf ihm lag ein hübsches quadratisches Deckchen ausgebreitet. Darauf waren vier schwarz zart weißgepunktete Tassen aufgenäht, die oben offene Taschen ergaben. Als Kinder mochten wir das Deckchen besonders. Es hatte ja etwas Interessantes. Man konnte mit einer Hand so schön in die Tassen fahren.

Mitten auf dem Tisch stand eine Holz-Etagere. Ihre drei Teller waren mit Salzstangen, Flips, Schokolinsen und mehr befüllt.

Ein Schnappschuss bestätigt, wie viel Freude uns die Brautmutter mit einem Gedicht bereitete. Während wir entzückt ihren Worten lauschten, hatte der Herr Gatte seinen Arm fürsorglich um meine Schulter gelegt.

Nun ja – nicht alles ist hingegen für die Ewigkeit. Irgendwann heiratete Henrik Anja, mit der er heut drei wunderbare Kinder hat.

> *„Wirklich zufrieden*
> *bei einer Hochzeit ist nur die*
> *Mutter der Braut."*
>
> *(Mark Twain)*

Der Duft des Intershops

Köckern – welch Klang in meinen Ohren, wenn ich das Wort vernehme. Mein Unterbewusstsein weiß sofort, dass dazu ein wundervoller Duft gehört.

Dieser Duft ist phänomenal, denn er ist in der Erinnerung vieler Leute, die ihn schnuppern durften. Selbst bei Google kann man über ihn lesen.

Köckern liegt an der Bundesautobahn A9. Diese Strecke fuhren wir, um meine Cousins beziehungsweise Tante und Onkel zu besuchen. Auch wenn wir damals auf der Autobahn „nur" 100km/h fahren durften, hätte es wahrscheinlich gar keiner Rast bedurft.

„Das Sortiment umfasste Nahrungsmittel, Alkoholika, Tabakwaren, Kleidung, Spielwaren, Schmuck, Kosmetika, technische Geräte, Tonträger und vieles mehr. Diese Produkte gab es in der DDR für die offizielle Währung Mark der DDR gar nicht oder nur vereinzelt zu kaufen, obwohl der größte Teil des Warenangebots im Rahmen der Gestattungsproduktion der DDR für Westfirmen produziert wurde"

(Wikipedia: zu Intershop)

In Köckern jedoch gab es einen Intershop! Der war das Highlight der Reise. In einem Intershop konnten wir – vorausgesetzt wir hatten „Westgeld" (D-Mark)- einkaufen.

Ich möchte sagen, ein bescheidenes Kind gewesen zu sein. Denn wenn ich mich recht erinnere, funkelten meine Augen beim Anblick sämtlicher Produkte wie sicher bei jedem anderen, doch ich war mit einer Packung Smarties oder Tic Tac vollkommen glücklich und zufrieden.

Selbst jetzt während des Schreibens empfinde ich dieses wundervolle Glück, das mich erfüllte, wenn ich die kleine Schachtel Tic Tac oder Smarties in meinen Händen hielt. Es ist eigentlich unbeschreiblich!

Das ist für Kinder und Jugendliche der heutigen Zeit bestimmt unverständlich, gibt es doch heutzutage alles – in diesem Fall Süßigkeiten – im Überfluss. Wir können jeden Tag – selbst sonntags in der Tankstelle – Naschereien kaufen. Viele haben sicher auch fast immer welche zuhause.

Das war damals anders. Es gab überhaupt nicht dieses Riesensortiment an süßen Sachen, dennoch genug. Mir fallen bei Schokolade Bambina, Puffreis- und Schlagersüßtafel ein.

Auf meiner Zunge mochte ich Form und Oberfläche schmackhafter rosa Himbeer-Bonbons.

Die Pfeffis mit Mint- oder Zitronengeschmack hatte ich auch gern.

Kaubonbons gab es eher selten; eine längliche geriffelte Sorte schmeckte mir am besten. Noch seltener entdeckten wir in unserem Konsum Fruchtriegel ähnliche Kaubonbons mit essbarem Papier rundherum. Die waren der Hit.

Auf unserer Holz-Etagere, die zu Feierlichkeiten vielfältiger bestückt war, lagen süße Leckereien als auch pikante Knabbereien wie Erdnüsse, Salzstangen und Erdnussflips gemischt mit Schokolinsen und Schokoladentalern.

Eine Sorte der Schokoladentaler war auf einer Seite mit bunten Zuckerperlen überzogen. Wenn ich jetzt noch Mokka-Bohnen, Mintkissen, Schoko-Waffeln, Nougatstangen, Chokis in Sandmann- oder Märchenverpackung und Liebesperlen in Puppen-Baby-Fläschchen erwähne, kommt doch eine ganze Menge zusammen.

Im Süßigkeitenregal waren auch Hansa- und Othello-Kekse oder kleine runde Doppelkekse mit verschiedener Füllung zu finden. Gerade liegt mir der Schokoladengeschmack der Othello-Kekse auf der Zunge.

Ich mag seither auch Keks mit Butter oder zusätzlich Marmelade bestrichen.

Kam in den Ferien mein Cousin eine Woche zu uns, erhielt jeder von uns beiden seine Naschbüchse. In zwei kleinen ausgedienten Kaffeedosen hatten wir die gleiche Ration. Ich glaube, wir kalkulierten beide gut, so dass unser Vorrat über die gesamte Woche reichte.

Der Samstagabend hatte manchmal einen feierlichen Moment, nämlich dann, wenn sich „Westschokolade" im Haus befand. Hatten wir durch ein Paket oder „Westbesuch" ein paar Tafeln Milka, Sarotti oder Schogetten erhalten, lagerten diese im Buffet des Esszimmers in einer Suppenterrine.

Sie können mir glauben, da wagte sich niemand einfach ran. Samstagabend, wenn alle gebadet und fernsehbereit, wurde eine Tafel geteilt und da wir fünf Personen waren, war die Schokolade rasch verputzt.

Ich bin mir sicher, dass sich die Erwachsenen auch noch zurückhaltend verhielten, damit das liebe Kind mehr davon hatte.

Nach Geburtstagen von Oma, Opa, Mutti oder Papa gab es einen Vorrat an Konfekt-Kästen.

All das wurde bei uns immer gerecht geteilt.

„Am 14.Dezember 1962 wurde in der DDR die staatliche Handels- organisation „Intershop GmbH" von Vertretern der Mitropa und der Deutschen Genußmittel GmbH ge- gründet.

Diese sollte die sich in der DDR im Umlauf befindlichen frei konver- tierbaren Währungen (Devisen, Valuta) abschöpfen. Zielgruppe wa- ren anfangs Transitreisende und Besucher aus dem westlichen Aus- land.

Anfangs wurde der Intershophandel von der Mitropa organisiert. Mit der Einrichtung der ersten Interhotels wurde dort ein sogenannter „Zimmerservice" einge- führt. Dieser war meist in einem Hotelzimmer untergebracht und sollte an Ort und Stelle zum Ausge- ben von Valutawährungen animie- ren."

(Wikipedia: zu Intershop)

Heute Leimer Semmelbrösel im Angebot

Leimer Semmelbrösel? Kommen die nicht aus dem Westen? Na klar!

In meinem Kaufmannsladen gab's eben alles! Angefangen bei Butter, Brot und Brötchen über Limonade, Milch und Bier, *Ata* und *IMI* bis zu Broiler, Wurst, Käse, Apfelsinen und Zitronen. Ich liebte meinen Laden – alles im Miniaturformat, wie zum Beispiel die niedlichen Getränkekästen und Flaschen.

Vorn auf dem kleinen Tresen befanden sich links die grüne Registrierkasse und daneben die blau-gelbe Lebensmittelwaage. Unterm Tresen fanden Kästen mit Bier, gelber und roter Limonade als auch Cola Platz. Die Milchkästen standen gleich unten bei der Kasse.

In den Auslagen am Rande links und rechts waren auf der einen Seite Obst und Gemüse, auf der anderen Seite Broiler, Brot und Brötchen zu finden. Das restliche Sortiment hatte ich auf die Regale und Schübe im hinteren Bereich verteilt.

Aus meinem Postspiel nutzten wir das Geld, vielleicht gehörten zum Laden auch Münzen und Scheinchen. Auf jeden Fall ließen sich an der Registrierkasse über kleine metallene Hebel tatsächlich Zahlen eingeben.

Eine riesige Überraschung gab es, als ich einen großen Beutel mit Artikeln aus dem Westen geschenkt bekam. Darin fand ich diverse Packungen Kakao, Kaffee, Kekse, *Persil*, Salz, *Leimer Semmelbrösel* und noch viel mehr.

Es war, als würde ich träumen, wenn ich die komplette Vielfalt durch den Klarsichtbeutel ansah. Damit machte das Verkaufen noch mehr Spaß. Immer wieder räumte ich in den Regalen; auf einmal hatte ich so viel Handelsgut, dass ich gar nicht alles in der Auslage unterbringen konnte.

Irgendwann einmal hatte sich Muttis frühere Brieffreundin Milka aus der Tschechei wieder gemeldet und kam bald darauf mit ihrer Familie zu Besuch. Mit den Kindern Katka und Martin spielte ich auch mit meinem Kaufmannsladen.

Ich erinnere mich, dass wir dabei gut unsere Verständigung üben konnten. Die beiden sprachen kein Deutsch und ich beherrschte das Tschechisch nicht.

Mein Vater macht sich heute manchmal noch einen Spaß mit mir, indem er im passenden Moment das Wort Kaufmannsladen in den Raum wirft. Wir müssen dann beide lachen, denn als bereits erwachsener Mensch bezeichnete ich irgendwann mal das Geschäft, in dem meine Eltern Nahrungsmittel einkaufen, ganz selbstverständlich als Kaufmannsladen.

Hier wurde so mancher Kampf
ausgetragen

Die Auswahl an Möbeln war in meiner Kindheit nicht üppig. Am Ende hatten wir als Kinder und Jugendliche alle ähnlich aussehende Zimmer. Grund waren dieselben Schrankwände. Vielleicht waren sie gar nicht dasselbe, denn hatte man die Einzelteile in anderer Reihenfolge aufgebaut, glichen sich die Schränke nur.

Jedenfalls besaßen sie ausreichend Stauraum, um Kleidung, Spielzeug, Schulsachen, Briefmarkenalben und vieles andere mehr unter zu bekommen. Oft war in solch eine Schrankwand ein Schreibtisch integriert. Gut durchdacht, denn dazu gehörte eine Beleuchtung.

Als meine Anbauwand fertig aufgebaut war, gab es da eine übrig gebliebene quadratische Holzplatte. Sie hätte wegen der Optik an die Wand hinter dem Schreibtisch gehört. Doch wir funktionierten sie um.

Ab sofort war sie die Spielplatte und lag vor dem Fenster auf dem Teppichboden - eine glatte, ideale Fläche zum Bauen und Spielen.

Wenn mein Cousin in den Ferien zu uns kam, brachte er fast immer seine Kavallerie von Cowboys als auch komplette Indianerstämme inklusive der Tipis, Ranch und Saloon mit.

Das alles ließ sich wunderbar auf der Platte errichten. So mancher Kampf zwischen den Rivalen wurde hier ausgetragen.

Auch unsere Matchbox-Autos rasten über die blanke Oberfläche und schossen gern mal übers Ziel hinaus.

Zum Puzzeln eignete sich die Fläche natürlich ebenfalls super. Alles konnte immer schön liegen bleiben und war nie störend im Weg beziehungsweise beweglich verschiebbar. Doch selbstverständlich fiel hin und wieder durch einen Rempler des Staubsaugers das ein oder andere auch um.

Mein Bett war eine ausziehbare Couch. Am Kopfende stand der dazu gehörende Bettkasten. Tagsüber verschwanden darin Bettdecke, Kopfkissen und Laken. Die Couch wurde zusammen geschoben und Puppen und Teddys nahmen auf ihr Platz.

Die Rückwand der Couch bildete eine regalähnliche Ablagefläche. Davor befanden sich zwei verschiebbare Lehnen. Die ließen eine Art Geheimfach entstehen.

Das war eine coole Sache.

Über dem Bett hing ein kleines Bücherregal an der Wand. Bücher faszinierten mich schon immer.

Was mich an diesem Regal allerdings begeisterte, war ein schmales seitlich befestigtes Bild von a-ha. Die Band gehörte zu meinen damaligen Lieblingsgruppen. Jetzt wird Sie überraschen, dass es nicht die Burschen an sich waren, die mich beim Anblick faszinierten. Nein - die Knöchelturnschuhe des Sängers Morten Harket taten es. Dazu mehr in einem späteren Kapitel.

Ansonsten bedeckten an einer weiteren Wand Poster die Tapete. Um nicht die komplette Tapete mit Stecknadeln zu zerstechen oder mit Klebeband zu ruinieren, brachte mein Vater entlang der gesamten Breite eine Holzleiste an. Mit Reißzwecken konnte ich daran sämtliche Poster befestigen. Reichte die Leiste nicht aus, heftete ich mit Klebestreifen die Poster untereinander fest.

Ich gestehe, dass ich zu den ersten an der Wand haftenden Bands nicht wirklich einen Draht hatte. Woher diese plakatuntypischen Bilder aus Fotokarton stammten, kann ich mich nicht mehr erinnern. Sie waren jedenfalls nicht aus der Bravo!

Da hingen zum Beispiel Karat, „MC" und MTS. Mein Cousin Henrik klärte mich damals lachend auf, dass MTS für Maschinen-Traktoren-Station steht. Bei der Musikgruppe ergaben sich die Buchstaben allerdings aus den Namen der Bandmitglieder.

Es kam aber die Zeit, zu der meine wahren Idole an der Wand hingen. Die mächtigste Fläche nahmen die Jungs von Depeche Mode ein.

In der Ecke zwischen Bett-Kasten und Poster-Wand stand über das ganze Jahr meine Puppenstube auf einem Tisch. Korrekt müsste es ja Puppenhaus heißen. Zur Hausbesichtigung lade ich Sie in einem eigenen Kapitel ein.

Vor dem Tisch mit der Puppenstube stand mein geliebter Kaufmannsladen. Was es da alles gab, konnten Sie bereits auf S. 75 lesen.

Ansonsten möchte ich zu meinem Zimmer noch Papas Mandoline erwähnen, die ihren Platz auf einer Ablage unter dem Schreibtisch gefunden hatte. Jedem, dem ich sie stolz zeigte, enthielt ich keinesfalls das dreieckige Plättchen im Bauch der Mandoline. Wer sich mit Saiteninstrumenten auskennt, weiß, dass es sich bei diesem Plättchen um ein Hilfsmittel zum Spielen der Saiten handelt.

Ansonsten schmückten in einer Ecke ein paar Medaillen die Wand. Ich könnte jetzt prahlen, dass wir bei der Kreis-Spartakiade diverse Medaillen im Handball kassiert haben. Doch ich will ehrlich sein: wenn nur zwei oder drei Mannschaften starten, geht jeder mit einer Platzierung heim (Zwinkern).

Mein Metall im 800-Meter-Lauf hab ich mir wirklich erlaufen. Bei der 400-Meter-Lauf – Plakette war es sicher wie beim Handball ☺.

Was wir damals so für Spielchen trieben (und wie ich den Fußball verschluckte)

Spielen verbindet die Menschen, fördert Gemeinschaft und Beisammensein. Der Name Gesellschaftsspiel kommt ja nicht von ungefähr. Vielleicht haben mich Gesellschaftsspiele in meiner Kindheit besonders geprägt, denn ich spiele noch immer gern.

Doch hier soll es um früher gehen. Was trieben wir also für Spielchen? Auf jeden Fall ganz harmlose. Wir warfen höchstens jemanden raus, wenn das Spiel *Mensch ärgere dich nicht* hieß. Es konnte sein, dass wir irgendwo von einem Bären herunter geschubst, von wild gewordenen Bienen verjagt oder von einem krächzenden Raben von einem Baumstamm vertrieben wurden, wenn der Name des Spiels *Die lustigen Bärenkinder* lautete und wir eine ungünstige Zahl gewürfelt hatten.

Der Hut konnte einem davon fliegen, spielten wir *Flieg mein Hütchen* und manchmal bekam man den *Schwarzen Peter* untergeschoben.

Einmal endete es jedoch tatsächlich blutig. Dabei handelte es sich um keine Absicht. Mein Cousin Tilo war zu Besuch.

Er spielte draußen vor der Tür - was vor dem Haus bedeutete und nicht hinten auf dem Hof - mit ein paar Jungs aus dem Dorf.

Als ich das Fenster öffnete und zu ihnen hinaus schaute, warf mir mein Cousin vor Freude einen Ball entgegen. Aufgrund meiner verzögerten Reaktion landete der leider statt in meinen Händen mitten auf der Nase ...

Ein anderes Mal kam es schlimmer. Wieder handelte es sich um meinen Cousin Tilo, der zu Besuch war. Ich möchte dazu sagen, dass Tilo - wie alle meine Cousins - ein liebenswerter freundlicher Mensch ist, der niemandem etwas zu Leide tut. Trotzdem brachte unser Zusammensein erneut Unheil.

Es war Winter. Die Erwachsenen draußen, denn an diesem Tag wurde wie alljährlich ein Schwein geschlachtet. Tilo und ich hielten uns im Wohnzimmer auf ... bis zu dem Moment als Tilo erschrocken hinaus lief und den anderen mit weit aufgerissenen Augen zu rief: „Andrea hat den Fußball verschluckt."

Machen Sie jetzt auch große Augen? Ich will die Angelegenheit aufklären. Den Fußball wurde ich im Laufe der nächsten Tage ohne operativen Eingriff wieder los. Obwohl ich aus dem Alter heraus war, musste ich nun wieder aufs Töpfchen gehen. Mein Vater behielt die Angelegenheit bis zu ihrem positiven Ausgang unter Kontrolle.

Und die Freude war groß, als der Fußball von ihm entdeckt wurde. Noch lange Zeit später befand sich die Trophäe in einer Streichholzschachtel bei meinem Cousin in der Vitrine.

Nun wissen Sie, der Fußball war klein. Er gehörte nämlich zu einem Tischfußball-Spiel. Während Tilo beim Spielen eine Weile von irgendetwas im Fernsehen gefesselt war, spielte ich gelangweilt mit dem kleinen Ball vor meinem Mund herum. Den Ausgang kennen Sie inzwischen.

Wir hatten schöne Spiele in meiner Kindheit. Die meisten haben meine Eltern aufbewahrt und wenn ich mir die Spiele heute ansehe, erinnere ich mich sofort, dass ich zum Beispiel mit *Flieg Luftballon, flieg! Der bunte Würfel*, *Variablo* und *Roulette* (nicht russisch, sondern deutsch ☺)gern die Zeit verbrachte.

Ich konnte mich schon als Kind wunderbar allein beschäftigen und litt niemals unter Langeweile. Zum Puzzeln, fürs Steckspiel *Mosaic*, meinen Holz- oder Metallbaukasten brauchte ich keine zweite Person.

Meine Mutter erzählte irgendwann mal, dass die Familie zeitweise hätte denken können, ich sei gar nicht da. So leise war es im Kinderzimmer, wenn ich mich beschäftigte.

Bei *Legen-Spielen-Gestalten* würfelte man verschiedene Formen, um sie dann auf einem vorgedruckten Bild zu Figuren zu legen.

Auch das machte mir allein Spaß. Mit dem Friseurspiel umsorgte ich meine Puppen als auch Opa. Der hielt ganz still, wenn ich ihn mit der weichen Baby-Bürste frisierte.

Beim Postspiel liebte ich vor allem Stempel und die Formularblöcke. Und das Doktorspiel mag glaub ich jedes Kind.

Kürzlich entdeckte ich, wie viele unterschiedliche Quartett-Spiele ich besaß: *Die Honigbiene, Darf ich diese Beeren essen, Blüten am Wegesrand, Olympische Sportarten, Till Eulenspiegel, Augen auf im Straßenverkehr, Märchen der Brüder Grimm, Lustig ist's im Kindergarten* um fast alle zu nennen. Und die versprechen doch ausnahmslos lehrreich zu sein.

Selbst Domino-Spiele existierten in allerlei Ausführungen; ob als Bild-Punkt-Domino, bei dem vier Entchen an ebenso viele rote Punkte angelegt wurden oder bei einem anderen Dreiecke und Quadrate an ihres gleichen.

Wir spielten Stadt-Land-Fluss und Schiffe versenken und nutzten dazu das nächste leere Blatt Papier. Vordrucke gab es dafür nicht. Des Weiteren konnten wir Schallplatten mit Märchen der Gebrüder Grimm, Geschichten wie die vom *Braven Soldat Schwejk* und Reinhard Lakomys Kinderliedern anhören.

Über einen Dia-Projektor hatten wir die Möglichkeit, Rollfilme wie *Herr Fuchs der Eiskunstläufer, Teddy Tapp in der Schule,*

Der Prahlhase, Die Schatzinsel oder Märchenfilme anzusehen. Manches Mal musste Papa dazu ran. Das wurde dann ein Familien-Dia-Abend. Dafür baute er im Wohnzimmer auf einem Schrankvorsprung eine ausziehbare Leinwand auf. Der Couchtisch und etliche Bücher dienten zur Positionierung des Projektors.

Uns standen allerdings auch einfachere Varianten zur Verfügung. Mit einem Batterie betriebenen Gerät konnte ich allein umgehen.

Beim Recherchieren entdeckte ich ein weiteres Gerät zum Dia-Filme ansehen, was ich besaß. Es war eine Brille, in die man die Dias hineinsteckte und Stück für Stück weiter schob. In dem Fall waren die Dias weder auf einem Rollfilm noch einzeln, sondern zu sechst in zwei Reihen auf einem festen Streifen.

Wer wird Quizmeister mochte ich sehr. Den meisten Spaß machte das Spiel mit Tilo. Selbst während ich gerade davon schreibe, spüre ich, wie das Blut in meinen Adern pulsiert und die Hände vor Aufregung feucht werden.

Bei dem Spiel ging es darum, aus einem aufgelegten Buchstaben und einer Karte, auf der zum Beispiel Sportart stand, ein Wort (ähnlich Stadt-Land-Fluss) zu sagen. Das so schnell wie möglich. Wir zwei heizten uns dabei so richtig hoch.

Das war jedes Mal impulsiv.

Ansonsten spielten wir zu Hause Brettspiele wie Halma, Mühle und Dame. Dabei ging es eher ruhig vor. Vom Schach sind bei mir lediglich einige Spielregeln hängen geblieben. Doch Skat bekomm ich noch immer hin. Die Väter und Großväter beherrschten ja zumeist das Skat spielen.

Wenn bei uns zu Feierlichkeiten eine Mahlzeit beendet war, rückten die Männer ans Tischende zusammen oder an den Couchtisch, um einen Skat zu reißen. Das wollte ich auch können.

So ließ ich es mir von Opa beibringen. Gemeinsam mit Papa waren wir dann im Alltag die drei, die der Skat braucht.

Für den Zeitraum, in dem Papa nicht zu Verfügung stand, gab es zum Glück die Zweier-Variante Offiziersskat.

Der Name Tilo ist nun schon oft gefallen. An dieser Stelle möchte ich auf Tilo ein Hoch aussprechen. Tilo hat mir in meinem Leben so manches Spiel beziehungsweise so einige Regeln erklärt. Und das beherrscht er genial!

Er macht es absolut ruhig und verständlich. Voller Geduld. Danke Tilo!

Nun hab ich viel geschrieben und doch sind eine Anzahl von Spielen unerwähnt geblieben, auch die, die wir draußen im Freien so trieben. Dafür gibt es ein gesondertes Kapitel.

Der Arbeiterbus

Wenn Mutti früh zur Arbeit geht, beginnt ein Kinderlied aus der DDR. Manche Muttis und Vatis konnten zu Fuß oder mit dem Fahrrad zur Arbeit. Manche wurden mit dem betriebseigenen Barkas – auch unter B 1000 bekannt – abgeholt und „eingesammelt". Wieder andere nutzten ein Auto oder den Arbeiterbus.

Dieser Arbeiterbus kam von montags bis freitags morgens gegen sechs. Der Linienbus, der etwa um neun und dreizehn Uhr, an unserer Haltestelle stoppte, war sicher weniger für die arbeitende Bevölkerung gedacht. Er diente den Rentnern, Urlaubern oder vielleicht Kranken, denn Arbeitslose gab es nicht wirklich.

Um fünfzehn und achtzehn Uhr brachte der Arbeiterbus seine Mitfahrer wieder zurück. Die meisten Fahrgäste kannten sich irgendwann und bildeten eine vertraute Runde.

Zu dieser alltäglichen Busfahrgemeinschaft zählte auch meine Tante Ingrid, die den Bus nutzte um zur Arbeit zu kommen.

An Tagen, an denen ich an ihrer Seite einstieg, wussten die anderen sofort, dass meine Tante Urlaub hat. „Na, geht´s wieder nach Berlin?", fragte dann mancher Fahrgast.

So war es. Wir befanden uns auf dem Weg in die Hauptstadt. Das machten wir meist einmal in den Winter- als auch den Sommerferien, wenn ich eine Woche bei meinen Großeltern und Tante Ingrid verbrachte.

Wir fuhren dann mit dem Bus bis zum Bahnhof und per Zug nach Berlin. In einem anderen Kapitel habe ich geschrieben, wie wir uns jedes Mal in die Schlange vor dem Centrum Warenhaus einreihten, um beim Einkauf irgendetwas zu ergattern, was es gerade an diesem Tag gab.

Bei einem Ausflug hatten wir das Glück einen dreiteiligen Buchband kaufen zu können. Doch unglücklicherweise wurde uns im Zug der Beutel mit den Büchern gestohlen.

Das muss in den Winterferien gewesen sein, denn meine Tante stellte zuhause fest, dass auch unsere gestrickten Socken verschwunden waren. Die hatten wir ausgezogen und in den Beutel getan. Ich weiß noch, dass sie dem Übeltäter wünschte, er möge an ihnen ersticken. (Auweia)

Meine Tante und die dazu gehörigen Großeltern besaßen kein Auto. Sie kamen so zurecht.

Oma und Opa arbeiteten im Dorf auf der LPG und radelten zum Dienst.
Um in die Stadt zu fahren, nutzten sie den Bus. Für Sonntagsausflüge und Besuche bei der

Verwandtschaft konnten mein Vater oder ein Neffe einspringen.

Ein Auto zu kaufen, war in der DDR nicht so einfach. Nachdem man es gleich mit achtzehn bestellt hatte, war mit zehn Jahren Wartezeit zu rechnen. Zu den damaligen Fahrzeugmarken und Modellen, an die ich mich erinnere, zählten der Trabant 601 – eventuell Deluxe, Wartburg, Lada Shiguli, wie meine Eltern ihn fuhren, Skoda oder Dacia, wie Tante und Onkel ihn besaßen. Manch DDR-Bürger durfte sich glücklich schätzen, ein Auto über Genex zu erhalten. Genex steht für Geschenkdienst- und Kleinexporte GmbH.

Darüber war es Bürgern der Bundesrepublik Deutschland (BRD) möglich, Verwandten und Bekannten in der DDR kleinere und größere Geschenke zukommen zu lassen.

Zu den größeren Geschenken, die es in einem Katalog auszusuchen gab, zählten Autos, sogar westdeutscher Marken.

Bei uns im Dorf lebten Erna und Frieda - zwei unverheiratete Schwestern - in einem Haus, was sie im doppelten Sinn über Genex bezogen hatten. Während ich meinen Vater einmal zu ihnen begleitete und sie uns stolz durchs Haus führten, stand da in einem Raum ein noch in Folie eingeschweißtes Sofa.

Dazu sagte eine der beiden: „Das können wir gar nicht alles nutzen solange wir leben".

In Reih und Glied zur Gemeindeschwester

Unsere Schule verfügte über einen sogenannten Ruheraum. Nicht, dass Sie jetzt denken, dabei handelt es sich um einen Saal zum Mittagsruhe halten. Nein. Das war ein kleiner Raum, in dem eine medizinische Liege, ein Schrank und ein Stuhl standen. Für den Fall, dass es einem Schüler oder Lehrer nicht gut ging, konnte er sich dort hinlegen.

Ich weiß noch, dass es meiner Schulfreundin wegen starkem Bauchweh mal so ging. Als Freundin und Mitschülerin durfte ich bei ihr sitzen und auf sie achtgeben.

Einmal in der Woche diente selbiger Raum als Vor-und Wartezimmer. Dann war der Zahnarzt vor Ort. Der Nebenraum war nämlich mit Zahnarztstuhl und anderem Zubehör ausgestattet. So blieb den Eltern (als auch Kindern) und Lehrern die Fahrt zum Zahnarzt erspart. Um fällige Schuluntersuchungen und Impfungen kümmerte sich ebenso die Schule. Die Gemeindeschwester - wie ich finde, etwas Wunderbares – hatte ihre Station nur wenige Häuser von der Schule entfernt. Klassenweise spazierten wir in Zweierreihen zu solch anstehenden Impfungen oder Untersuchungen.

Ich war immer aufgeregt und gespannt, ob es hieß, wir sollen uns im Unterhemd in Reihe aufstellen. Das bedeutete, es gab keine süße Schluckimpfung auf einem Stück Würfelzucker serviert, sondern einen Pieks in den Arm.

So eine Gemeindeschwester hatte eine verantwortungsvolle und schöne Aufgabe. Sie sorgte für das Wohl der Bewohner ihrer Gemeinde, zu der mehrere Dörfer zählten. Manches Mal, wenn wir heute zum Arzt fahren, wären wir damals zur Gemeindeschwester gegangen oder hätten diese gerufen. Sie versorgte kleinere Verletzungen, beurteilte und pflegte das ein oder andere Zipperlein, erteilte Impfungen, schaute eben nach dem Rechten. Das entlastete definitiv das Aufgabenpensum eines Arztes. Die Gemeindeschwestern trugen eine hübsche Schwesterntracht. Sie reisten per Fahrrad, vielleicht auch mit dem Auto an. Als Fortbewegungsmittel für eine Gemeindeschwester berühmt ist jedoch die Schwalbe – ein Simson Kleinkraftrad der DDR, das zum größten Teil Frauen fuhren.

In unserer Familie existierte so eine Schwalbe. In diesem Zusammenhang denke ich an eine Geschichte, die mir über Oma Erika erzählt wurde. Insider mögen jetzt schmunzeln. Gleichzeitig hab ich einen Ohrwurm: *„Meine Oma fährt im Hühnerstall Motorrad, Motorrad, Motorrad...". Singen Sie ruhig weiter!*

Papas Bodyguard und Begleitdame

In meiner Kindheit war der Getränkemarkt die Gaststätte. Für gewöhnlich zählte jedes Dorf eine solche, manche auch zwei. Einmal in der Woche ging Papa mit einem Korb dorthin, um Brause und Bier zu holen.

Benötigten wir aufgrund einer Feier oder Festlichkeit größere Mengen, nahm er den Handwagen. Fanta und Sprite gab es nicht. Cola kannten wir in Form von Vita- und Club Cola. Hab ich als Kind ganz selten getrunken.

In dem Zuge möchte ich meine Tante Ingrid lobend erwähnen, die mir wohl gesinnt Cola strengstens untersagte. Ob der Grund für sie eher im Koffein oder mehr im Zucker lag, das weiß ich nicht. Ist auch egal.

Ich habe Papa oft in die Gaststätte begleitet. Meistens holten wir nicht nur die Getränke, sondern nahmen auch ein Weilchen im Gastraum Platz. Dort bestellten wir etwas zum Trinken und manchmal auch eine Bockwurst.

Mich faszinierte das Bierzapfen. Ich beobachtete begeistert, wie erst mehrere Gläser halb voll gezapft und im Anschluss aus einem Glas, das Bier in den anderen Gläsern aufgefüllt wurde während der Kneiper gleichzeitig den Schaum mit einem Schaumlöffel abstrich.

Davon war ich so angesteckt, dass ich es zuhause nachmachen wollte. Opa und Papa durften darum ihr Gläschen Bier zum Abendbrot nicht einfach auf den Tisch stellen, sondern sollten es bitte bei mir in Bestellung geben.

Ich verschwand dann in der Kammer, wo ich auf einem ähnlichen Tablett wie der Gastwirt Gläser vorbereitet hatte, von denen ich nun das Bier „umschüttete". Mein Flaschenbier machte nur leider nicht so viel Schaum wie erwartet. Schon bald bekam ich mit, dass das nicht so funktionierte, wie ich mir vorgestellt hatte. Während ich ein wenig enttäuscht war, freuten sich Opa und Papa sicher, nun wieder ungepanschtes Bier trinken zu können.

In der Gaststätte gab es einen Stammtisch. Der war tiefer als die gewöhnlichen Tische - so wie ein Couchtisch - und stand am Kachelofen. Um ihn herum waren auch nicht wie üblich Stühle, sondern drehbare Hocker mit großer quadratischer Sitzfläche, die aus gleichgroßen Karos bestand.

War bei unserem Erscheinen dort ein Platz frei, setzten wir uns dazu. Die Männer fragten dann schmunzelnd meinen Vater, ob er wieder seine Polizei mitgebracht hat. Ich glaube, mein Vater hatte keinen Aufpasser nötig.

Irgendwann kam der Moment, wo unser Kneiper zum Gang nach nebenan - in den Vorraum vom Saal winkte.

Dort standen all die Kästen Bier, Limonade und Selters. Den feuchtkalten Geruch nach Getränkeresten aus offenen Flaschen und auf dem Parkett nehme ich auch jetzt beim Schreiben noch wahr.

Zu DDR-Zeiten war ja nicht immer alles im Angebot und mit Angebot meine ich keine preisreduzierte Ware. Wenn wir Glück hatten, ergatterten wir ein paar Flaschen von der grünen Waldmeisterbrause oder Rex-Pils, einem Potsdamer Spezialbier.

Durch seine Kontakte in die Großstädte, konnte unser Gastwirt auch andere rare Dinge besorgen. Vor den Feiertagen bestand durch ihn die Chance auf einen Nuss- oder Lachsschinken beziehungsweise Apfelsinen – die guten Nabel- (Navel-)Apfelsinen.

Was ich vergessen hatte: zur Hausschlachtung konnte er auch Därme und Leber für die Wurstherstellung beschaffen.

Mehr zu Tanz, Wein und Gesang an anderer Stelle. Die schmackhafte Küche unserer Gaststätte soll auch nicht unerwähnt bleiben.

Mitternachtsschmaus auf dem Tanzsaal

Fastnacht wird von Region zu Region sehr unterschiedlich gelebt und gefeiert. In meiner Heimat beging jedes einzelne Dorf sein Fastnachtswochenende. Manche Gemeinde zelebrierte es intensiver, andere Orte eher unspektakulär.

Weiberfastnacht wurde bei uns nicht begangen, jedoch Männerfastnacht – nämlich vierzehn Tage nach dem eigentlichen Fastnachtswochenende. Ursprünglich gingen zur Männerfastnacht nur Verheiratete.

In unserer Gegend verkleidete man sich nicht. Es wurden auch keine Fastnachtsumzüge gemacht. Was einem Umzug ähnlich kommt, ist das verbreitete Zempern. In unserem Dorf war es eingeschlafen, in meiner Jugend ließen wir es wieder aufleben.

Wir zogen unmaskiert, hübsch gemacht in Frack und Zylinder von Haus zu Haus, brachten vom Akkordeon begleitet ein Ständchen als Tänzchen und freuten uns über nette Gaben.

Im Saal unserer Gaststätte waren zum Fastnachtstanz große Tische rund um die Tanzfläche gestellt.

Die Kapelle hatte sich auf der Bühne formatiert.

Es war Gang und Gebe, dass sie nach zwei drei Titeln ein paar Minuten Pause einlegte – Zeit zum Verschnaufen, Unterhalten und an die Bar oder Theke gehen.

Nach der Jugendweihe durften wir auch zum Tanz gehen. Wir Jugendlichen hatten dann unseren eigenen Tisch. Ich mochte Tanzen schon damals. Der erste Herr mit dem man als Mädchen tanzt, ist bestimmt oftmals der Vater.

Das prägt sicher, denn ich tanze heute noch gern mit meinem Papa. Und als junges Mädchen fand ich toll, wenn mich nach und nach auch ältere Erwachsene zum Tanz aufforderten (oder baten), zum Beispiel Arbeitskollegen meines Vaters. Das machte mich stolz.

Um Mitternacht gab es eine lange Pause. Die nutzten die meisten zum Mitternachtsschmaus. Alkohol macht bekanntlich Hunger. Tanzen selbstverständlich ebenfalls. Es wurden Kartoffelsalat und Würstchen, Schnittchen, Pfannkuchen und Klemmkuchen aufgetischt.

Hatten wir zur Fastnacht Gäste, wurde diese zuhause mit Frikassee verwöhnt, Pfannkuchen und Klemmkuchen als Hucke mitgegeben.

Beim Pfannkuchen backen war Oma Erika ebenso penibel wie bei den Klemmkuchen. Für die, die gerade überlegen. Pfannkuchen sind bei uns nicht in der Pfanne gebratene Plinse oder Eierkuchen, sondern andernorts bekannt als Berliner.

Oma legte Wert darauf, dass alle Pfannkuchen möglichst eine einheitliche Größe hatten. Damit sie gut gehen (so nennt man das, wenn der Hefeteig sich ausdehnt), durfte keinesfalls Durchzug in der Stube sein. Dort lagen die Hefeteigkugeln nämlich auf ein Kuchenblech gereiht vor der warmen Heizung.

Bei uns zuhause kam das Pflaumenmus erst nach dem Ausbacken des Teiges im heißen Fett in die Pfannkuchen. Oma Hilde gab das Mus bereits vor dem Backen hinein. Mir persönlich gefällt die Variante mit dem Spritzen besser. Vielleicht, weil ich es so gelernt bekam.

Wenn ich an frische warme Pfannkuchen denke, kommt mir sofort Papas Warnung in den Sinn, die ich gern weitergeben möchte: nach dem Verzehr von frischen warmen Pfannkuchen niemals (kalte) Brause trinken! Das kann nämlich zu üblem Bauchkneifen führen!

Was für eine Masche

In der Schule wurde ich im Fach Nadelarbeit unterrichtet. Das beachtliche Werk, was daraus entstand, war eine Umhängetasche. Die Basis stellte ein olivgrüner Stoff dar, auf dem wir Reihe für Reihe sämtliche Stickstiche in allen zur Verfügung stehenden Garnfarben verewigten.

Am Ende klappten wir das Stoffstück einfach zusammen und vernähten die Seiten miteinander. Wir versahen unsere Unikate mit einem Reißverschluss. Zum Umhängen häkelten wir eine Kordel und den unteren Taschenrand verzierten wir mit Fransen.

Es kann sein, dass der Unterricht das Interesse an mehr Handarbeit in mir weckte. Meine Mutter war eine begnadete Topflappen-Häklerin. Für meine Puppen häkelte sie ebenfalls das ein oder andere Kleidungsstück.

Gestrickte Puppensachen stammten von meiner Tante Ingrid. Meiner Babypuppe zog ich am liebsten ihren hellblauen Strampler, ein ebenso hellblau-weiß gestreiftes Jäckchen und dazu passend ein hellblaues Mützchen an.

Hingucker war ein niedlicher Max und Moritz Aufnäher am Latz des Stramplers.

Tante Ingrid arbeitete in der Stadt. Ich glaube, sie hatte größere Chancen, in verschiedenen Geschäften etwas zu ergattern, was an rarer Ware frisch eingetroffen war.

So funktionierte es selbst mit Wolle oder Häkelgarn. Eine weitere Gelegenheit ergab sich manchmal während unserer Eintagsausflüge in den Ferien nach Berlin. Wir und viele andere stellten uns dann in die lange Schlange am Zentrum-Warenhaus.

Wofür wir anstanden, stellte sich bedeutend später heraus – oft erst kurz vor dem Warentisch. Da wurde dann sichtbar, was dahinter oder darunter verborgen war.

Ich beherrschte jedenfalls irgendwann auch das Häkeln und Stricken; rechte Maschen, linke Maschen, Zopfmuster und mehr. Anfangs hatte ich das Maschenaufnehmen fürs Stricken noch nicht drauf und benötigte dafür Hilfe von der Oma aus dem Nachbardorf.

Oma Erika zuhause konnte aufgrund einer Erkrankung, die ihre linke Hand einschränkte, leider gar keine Handarbeiten machen.

Begeistert begann ich Pullover zu stricken; einfarbig, zweifarbig, gemustert, mit Fledermausärmeln und so weiter. Mühsam war das Fertigen eines Pullovers, in den ich ein Herz mit Tom und Jerry strickte. Dafür verwendete ich 10 verschiedene Wollknäule.

Ich strickte am breiten Esstisch, um nach jeweils 2 Reihen sämtliche Knäule, die auf ihm ausgebreitet lagen, neu zu ordnen, sonst wäre das eine einzige Hudelei geworden.

Eine wahrhaft schöne Inspiration zum Stricken war meine Geschichts-und Kunsterziehungslehrerin. Sie strickte emsig und trug oft neu gefertigte Pullover. Eine Augenweide!

Zwei von mir gestickte Kunstwerke hängen übrigens noch heute verewigt an mancher Wand; so ein gesticktes Landschaftsbild bei meiner Tante, ein weiteres in der heimischen Werkstatt meines Vaters (der es vor der Müllentsorgung gerettet hat).

„Hinter jeden
großen Strickerin
steht ein großer Korb
voll Wolle."

Eine große Tüte voller Plastik-Blumen

Rosen, Tulpen, Nelken; alle Blumen welken ... nur die DFD Blumen nicht! Für all jene, die es nicht wissen, DFD steht für Demokratischer Frauenbund Deutschlands.

Ich glaube, viele Frauen waren darin Mitglied, meine Mutti zehn Jahre lang Vorsitzende des Ortsverbandes. Meine einzige Erinnerung an den DFD sind Ansteckblumen aus Plaste. Vierteljährlich oder monatlich ging eine Frau aus dem Ort – bei uns war das Erna - von Haus zu Haus, um die Beiträge zu kassieren.

Wer gezahlt hatte, erhielt seine Mitgliedsmarke. Aus der großen Tüte, an die ich mich so sehr erinnere, durfte sich jede Frau angeblich zusätzlich kleine bunte Plasteblumen zum Anstecken kaufen. Die berühmten Ansteck-Nelken zum ersten Mai existierten unabhängig davon.

Im Schlafzimmer meiner Eltern stand auf der Frisierkommode eine Plastikblume verschmolzen mit ihrer Kunststoffvase.
Es handelte sich um ein Miniaturformat.

Was ich ganz genau weiß, ist, dass diese Blume fünf Blütenkelche hatte.

Als ich nämlich noch kein eigenes Kinderzimmer hatte, schlief ich in der Schlafstube meiner Eltern. Wenn ich nicht schlafen konnte, stand ich hin und wieder auf und füllte jeden dieser Kelche mit einem Tropfen *Tosca*, das sich daneben befand.

Auweia. *Tosca* hatte meine Mutti sicherlich von ihrer Tante aus Westdeutschland geschenkt bekommen und wunderte sich, dass es so schnell abnahm.

Doch zurück zum DFD-Beitrag. Das häusliche Kassieren hat nichts mit heutigen Haustürgeschäften gleich. Versicherungsbeiträge sammelte damals auch jemand, der dazu auserkoren war, bei den Leuten zu Hause ein.

Konkurrenzkampf war dabei kein Thema. Es gab nur die eine Staatliche Versicherung. Bei dieser hatte man Haus und Hof versichert, Fahrzeuge und für Haftpflichtschäden und Unfälle vorgesorgt.

So ein Versicherungskassierer verbrachte teilweise manch gemütliche Stunde bei einem Pläuschchen und vielleicht ein, zwei Schnäpschen.

Noch ein Wort zu Blumen in der DDR. Jetzt meine ich echte frische Blumen. Da war das Angebot im Laden wenig umfangreich.

Menschen, vor allem Frauen, die im Winter Geburtstag haben, wissen davon ein Liedchen zu singen.

Ich kenne eine Dame, die ein Wintergeburtstagskind ist und meint, sie sei „Alpenveilchen traumatisiert".

Der Frauentag am 8.März war in der DDR der große Tag zum Blumen verschenken. Das war die Hochzeit für Nelken und Freesien. Die Herren konnten jedoch nicht einfach so ins Geschäft gehen und zwischen zig Sträußen und Blumen aussuchen. Sie mussten auf jeden Fall ihre Blumen bestellen und sich dann wahrscheinlich trotzdem noch überraschen lassen, welche Blumen geliefert worden waren.

Wiederum weiß ich von Bekannten, dass sie zu dieser Zeit mit dem Aufziehen großer Mengen Alpenveilchen, Chrysanthemen und zum Beispiel den herrlich orangen Storchenschnäbeln wie man so schön sagt gutes Geld verdient haben.

Wenn ich im Mai meinen Geburtstag feierte, war das Angebot besser. Ich sagte jedoch meinen Gästen oft, dass sie keine Blumen kaufen mögen, wo es doch in ihren Gärten so schöne gab. Ich freute mich tatsächlich über einen Gartenstrauß mehr als einen gekauften. Noch heute weiß ich, dass im Geburtstagsstrauß meiner Schulfreundin immer lilablaue Akelei eingebunden war. Ich glaube, dass sich unter den Geburtstagsblumen auch zart rosa blühende Lupinen befanden.

Das selbst designte Papierkorb-Unikat

Vielleicht kennen Sie diese Papierkorb-Idee, die einst umher ging. Womöglich waren Sie davon auch begeistert und haben den Gedanken umgesetzt.

Wollen wir es nicht zu spannend machen.

Man nehme einen runden ausgedienten Pappeimer. Nun esse man reichlich Schokolade – am besten viele verschieden Sorten.

Das Schokoladenpapier öffne man vorsichtig, um es nicht zu beschädigen. Das Silberpapier lässt sich zu einer immer größeren Kugel formen und sammeln, um es später bei entsprechender Größe und Gewicht wieder zu etwas Geld zu machen.

Die Vorderseite des äußeren Schokoladenpapiers schneide man fein säuberlich aus.

Nun nehme man den von außen glatten und sauberen Pappeimer und klebe Stück für Stück der verschiedenen Schokoladenpapier-Dekore auf seine Außenseite. Das ergibt ein fetziges Aussehen. Man möchte den Papierkorb fast anbeißen. ☺

Der Papierkorb oder Eimer, den ich damals kreierte, existiert noch. Nicht nur das, er wird von meinen Eltern nach wie vor genutzt.

Sechs Eimer Wasser für die Badewanne

„Vorsicht! Heißes Wasser!", rief Papa manchmal samstags abends. Doch nicht nur er, auch Mutti, Oma, Opa und irgendwann ich selbst, schleppten die Wassereimer „von hinten" in die Badestube.

Früher sagten wir eher Stube statt Zimmer. Wer heute noch das Wort Stube benutzt, meint vielleicht die gute Stube oder das Wohnzimmer.

Mit „von hinten" war der Bereich ab dem Hinterflur gemeint; in diesem Fall die Futterkammer. In der stand nämlich ein großer elektrisch betriebener Warmwasserboiler, von dem wir eimerweise heißes Wasser ins Bad trugen und in die Badewanne schütteten.

Zur Badewanne gab es nämlich nur einen Kaltwasserzufluss. Jetzt denkt mancher möglicherweise: „Na wenigstens hatten sie fließend Kaltwasser aus der Wand".

Doch so hinterweltlich lebten wir bei weitem nicht.

(Wir Menschen sollten nicht alles glauben, was uns erzählt wird!)

Badetag war tatsächlich der Sonnabend. Ansonsten wuschen wir uns im Waschbecken. Damals war das ganz normal.

Jeder hatte seine zwei Seiftücher (Waschlappen). Der Peeling-Effekt für die Haut war dabei inklusive!

Als ich fürs Waschbecken noch ein bisschen lütt war, stellten mir meine Eltern eine mit warmem Wasser gefüllte Schüssel auf den geschlossenen und erreichbaren Toilettendeckel. Dort konnte ich mich meiner Wuchshöhe entsprechend bequem waschen.

Eine Dusche wurde erst später eingebaut. Das war das letzte Geschenk, was uns Opa machte, bevor er von dieser Welt ging.

Es heißt, an dem Tag, an dem er starb, wurde morgens die Dusche in Betrieb genommen. Das ist sie heute noch!

Diese Dusche fand ihren Platz zur damaligen Zeit in der Waschküche. Dort wurde ein kleiner Raum für die Dusche abgeteilt. Auch wenn man zum Duschen „nach hinten" gehen musste, hatte das den Vorteil, dass sie dort gleich war, wenn man aus dem Garten kam.

So konnten wir unsere Sachen fallen lassen und den Dreck abspülen.

„Freude ist
die große Wäsche des Herzens."
(Aus Japan)

Pykaryl

Es handelt sich hierbei keinesfalls um Werbung! Ebenso wenig um eine Fremdsprache.

Bei uns roch es früher regelmäßig danach. Weder in Papas Werkstatt, noch in der Garage. Mitten im Haus breitete sich der *Pykaryl*-Duft über den Flur aus. Er kam vom Bad; genauer gesagt aus der Badewanne.

Oma als auch Opa nahmen gern ein Bad mit dem Zusatz von *Pykaryl*. *Pykaryl* gibt es übrigens heute noch. Es gilt als durchblutungsfördernd und zur unterstützenden Anwendung bei Rheuma.

Ich kann mich nicht erinnern, dass meine Großeltern oft beim Arzt waren. Und doch hatten sie auch ihre Leiden und Zipperlein.

Ich möchte behaupten, sie übernahmen zum größten Teil selbst die Verantwortung für ihre Gesundheit.

Oma Erika litt unter Rheuma oder Gicht. Ihre Hände waren davon sehr in Mitleidenschaft gezogen. Aus diesem Grund machte Oma keine Handarbeiten wie Häkeln, Sticken oder Stricken. Strümpfe stopfen, Knöpfe annähen und die gute alte Singer Nähmaschine bedienen, funktionierte anfangs noch.

Durch die verdickten, bewegungseingeschränkten und schmerzenden Fingergelenke strengte sie Karten spielen sehr an, Mikado und Halma waren aufgrund dessen gar nicht möglich.

Mensch ärgere dich nicht, spielte sie mit, obwohl das Greifen der Spielfiguren anstrengend war und sie sich richtig doll ärgern konnte, wenn sie verloren hatte.

Es ist bewundernswert, wie Oma trotz allem Haus- und Küchenarbeiten meisterte und niemals jammerte. Als Grund für ihre Beschwerden vermutete sie unter anderem das viele kalte Wasser, mit dem sie bei der Arbeit im Kuhstall ständig zu tun hatte.

Wärme tat ihr gut. Darum knetete sie ihre Hände oft in warmer Heilerde. Eine Armbadewanne nutzte sie für Bäder in *Rheubalmin*, einem weiteren Badezusatz bei rheumatischen Beschwerden.

Außerdem mochte sie die feuchte Wärme der frisch gedämpften, etwas abgekühlten Kartoffeln. Die gab es alle zwei drei Tage für die Fütterung von Schweinen und Hühnern.

Es sah aus als würde Oma mit den Kartoffeln im Trog boxen, wenn sie ihre Hände dort hinein drückte.

Heiße Kartoffeln gehörten generell zu Omas Haus- und Heilmitteln. Auf jeden Fall schwor sie auch bei Rückenschmerzen drauf.

Papa machte dennoch andere - sogar gegenteilige Erfahrungen damit.

Ich kann aus heutiger Sicht als Therapeutin sagen, dass beide recht haben. Denn Wärme hilft, wenn Wärme angebracht ist. Das ist sie jedoch nicht immer am Ort des Geschehens, denn wenn es sich dort um eine Entzündung handelte, kann Wärme verschlimmern und wäre in dem meisten Fällen an entfernter Stelle empfehlenswert.

Das soll hier aber keine medizinische Unterrichtung werden.

(Bei akuten oder chronischen Beschwerden können Sie sich gern in meiner Praxis vorstellen.)

„Gott (oder das Leben) schickt keine Krankheit ohne auch das Heilmittel zu schicken."

Mein Opa bei den Olympischen Spielen

Man sagt, da liegt Musik in der Luft und ich schreibe, in unserer Familie liegt sie im Blut.

Opa Reinhardt sang gern (am liebsten zu Weihnachten), Opa Erich war Trompeter. Mein Vater und seine Schwester spielten Mandoline. Meine Mutter beherrschte sogar zwei Instrumente: Blockflöte und Akkordeon.

Das Akkordeon spielen erlernte ich dann auch. Nach einer Stunde in der Musikschule, die meiner Mutter Gott sei Dank genauso wenig wie mir zusagte, brauchte ich dort nicht weiter machen.

Darauf hatte ich die Ehre, Privatunterricht bei meiner Musiklehrerin - einer leidenschaftlichen Musikerin - zu erhalten. Der Unterricht fand bei ihr zuhause statt.

Direkt von der Schule fuhr ich mit dem Bus dorthin. Zwei Probleme hatte ich dabei: ich musste mein Akkordeon mitschleppen und hätte es gern unsichtbar gehabt, denn ich glaubte, ein Akkordeon ist nicht cool. Außerdem war das wirklich ein verhältnismäßig riesiger Kasten zu meiner Körperhöhe.

Desweiteren fuhr ich mit einer anderen Buslinie als sonst und fühlte mich fremd. Ich hatte Bange aufzufallen.

Nachdem wir beide den Bus verlassen hatten, tippelten wir bedächtig zu meiner Lehrerin nach Hause. Dort angekommen, nahmen wir im gemütlichen Wohnzimmer Platz und während ich mich einspielte, trank sie ein Feierabendbier, so könnte man sagen.

Ich will aber nicht verschweigen, dass es ein Malzbier war - also alkoholfrei. Sie war und ist ein Genussmensch.

Naja, ich gestehe, in der Pubertät begeisterte mich das Akkordeon spielen nicht mehr so.

Ich hatte auch nicht den Mumm, vor Leuten zu spielen (da sagte ich lieber ein Gedicht auf oder sang im Schulchor).

Ich denke, mir geht es wie meinen Großmüttern, die für ihr Leben gern tanzten und Musik auf diese Art mochten.

Sie trällerten auch gern; ich weniger. Doch „Wenn der weiße Flieder wieder blüht..." schauten und sangen Oma Hilde und ich leidenschaftlich gemeinsam.

Nebenbei bemerkt: den „Erna-Walzer", diverse Weihnachtslieder und das ein oder andere Volkslied bekomm ich zur Freude der Familie auch heute noch auf dem Akkordeon hin.

Papa und Tante Ingrid zupften eifrig im Mandolinenchor (Orchester müsste es sicher heißen, ich bin jedoch mit der Bezeichnung Chor aufgewachsen). Die Leidenschaft ihres Chorleiters spiegelte sich in den Spielern wieder. Wenn ich an den Chor denke, höre ich sofort den „Zug der Wandervögel" – einen Titel, der gern auf Mandolinen gespielt wird.

Ja und der leidenschaftliche Trompeter in unserer Familie war Opa Erich, sicher auch der musikalisch Begabteste unter uns. In seiner Jugend spielte er in einer Kapelle (heute würden wir Band dazu sagen), mit der er von Tanzsaal zu Tanzsaal zog. Der Tanzsaal entsprach im weitesten Sinne der heutigen Disco.

Zu Zeiten des Zweiten Weltkrieges war er bei der Wehrmacht in Jüterbog stationiert. Als Musiker gehörte er dem Militärorchester an und erlebte als solcher 1936 auch die Olympischen Spiele in Berlin.

Mein Vater berichtete mir, dass diese Musiker beim Einzug der Olympiateilnehmer und sicher auch bei den Siegerehrungen die Nationalhymnen spielte.

Wollen wir jetzt nicht weiter über die Spiele, das davor und danach reden. Ich kann Ihnen nur sagen, dass mein Opa den Krieg mit einem Auge bezahlt hat.

Immer einen Gummi in der Tasche

Tja. In welchem Alter das los ging, kann ich gar nicht mehr sagen. Ob in der Schule oder im Anschluss nachmittags, viele Mädchen hatten einen dabei. Erst, wenn er gerissen oder richtig ausgeleiert war, wurde er entsorgt und Oma nach einem neuen gefragt.

Wir wussten, welche Länge wir etwa benötigten und schnitten ihn dann von der Meterware zu. Oft schon hab ich heutzutage nachgedacht, was für Profis wir im Umgang mit dem Gummi waren.

Mit so wenig Zubehör konnten wir uns teilweise stundenlang beschäftigen – besser gesagt: austoben, denn dabei kamen wir ziemlich außer Puste.

Und welche Höhe wir erreichten. Unglaublich, wenn ich mir heut vorstelle, dass wir bis Hals und Stirn, manche sogar über Kopf schafften. Eigentlich machten wir das zu dritt. Fehlte eine Dritte beziehungsweise ein Dritter, nutzten wir einen Baum.

Opa hatte mir vier halbwegs gleich lange und etwa eins sechzig hohe Tomatenstiele zur Verfügung gestellt. Wenn niemand weiter da war und ich allein herum turnte, brauchte ich alle.

Waren wir zu zweit, genügten auch zwei dieser Stiele. Zur Hochzeit begannen wir bereits vor dem Unterricht auf dem Schulhof oder Spielplatz.

Am besten machte es sich auf weichem Rasen. Doch der war dann bald hinüber. Ich schätze heute noch, dass Opa das trotzdem auf der Rasenfläche mitten auf dem Hof zuließ.

Lange Rede, kurzer Sinn. Wissen Sie inzwischen, dass sich hier alles um Gummihopse dreht? Zwei standen sich gegenüber und hielten praktisch den Gummi auf Spannung.

Dieser Gummi war ganz gewöhnlicher Schlüpfergummi von der Gummilitze.

Der Gummi wurde immer höher gehalten. „Knöchel" hieß die erste Hürde. Das war von der Sprungkraft her leicht. Doch bei manchen Sprüngen wickelten wir den Gummi um ein oder beide Beine und die Kunst war, dass er sich beim Sprung löste.

Wir sprangen mit beiden Beinen oder nur auf einem. Von einer zur anderen Seite über beide Gummis zugleich, manchmal von innen gegrätscht über beide nach außen. Eine Vielfalt war möglich!

Wir entwickelten interessante Kombinationen und Sprungfolgen – halbe Choreografien. Die nächste Höhe nach Knöchel war Knie, dem Hüfte, Bauch beziehungsweise Taille folgten sowie Brust, Hals, Kopf und für die Profis über Kopf.

Ich bewundere unser Können während mir das alles beim Schreiben wieder in den Sinn kommt.

Ja und hatten wir unseren Gummi vergessen, fragten wir andere Mädchen, um uns einen zu borgen. Sport frei!

Oft denke ich an die Pinguinrollen, die wir auf dem Pausenhof drehten. Warum wir sie so nannten? Ich weiß es nicht. Jedenfalls handelte es sich um verschiedene Überschläge, die wir am Spielplatz-Reck vollbrachten.

Manchmal ließen wir uns auf der Stange sitzend, vorwärts ein anderes Mal rückwärts fallen und versuchten, so viele Drehungen wie möglich in einem Schwung zu schaffen.

So funktionierte das auch, wenn wir die Stange nur unter einem Knie hatten.

Wenn ich mich recht erinnere, sprangen wir hin und wieder Anlauf nehmend an das Reck.

Das muss zahlreiche blaue Flecke gegeben haben, doch es machte Laune.

Eine Banane für Andrea

„Wie viele Kinder haben Sie?" So wurden die Leute gefragt, wenn die Verkäuferin eine Familie nicht kannte. In der Stadt kam das vielleicht vor. Auf dem Dorf kannte Jeder jeden und die Konsum-Verkäuferin des Ortes wusste auch, welche Anzahl Kinder in der Familie beziehungsweise pro Haushalt lebten.

Danach wurden nämlich die Bananen beim Austeilen von-hinterm-Ladentisch berechnet. Ich erinnere mich, dass einer meiner Cousins bei einem Unfall einen Kieferbruch erlitt.

Reife zerdrückte Banane war damals wertvolle Nahrung für ihn. Jeder, der irgendwie konnte, versuchte Bananen für den kleinen Kerl zu beschaffen. Er wohnte mit seiner Familie nah bei Berlin, was es etwas leichter machte.

Außerdem war seine Mama als Gemeindeschwester tätig. Eine beherzte, äußerst beliebte Gemeindeschwester, der wahrscheinlich auch manch Einwohner seine Bananenration überließ.

Ob es andere Nahrungsmittel zu meiner Zeit auch auf Zuteilung gab, weiß ich nicht mehr. Aber doch, während ich schreibe, fallen mir Negerküsse ein. Möge ich für diese wahre Aussage und Erinnerung nicht zu Gefängnis oder anderer Strafe verurteilt werden, weil irgendjemand meint, dieses Wort dürfe ich nicht mehr benutzen.

Ein Negerkuss ist ein Negerkuss.

Manche Mädchen hatten damals auch Negerpuppen und mit denen wurde ebenso liebenswert umgegangen wie mit den Puppen blasserer Hautfarbe.

Auch meine Mutter nannte mich aufgrund meiner braun gebrannten Haut während der Sommermonate schon oft lieb gemeint Neger.

Als Jugendliche hörten die Leute meiner Clique Musik der größten Rapper dieser Zeit: Public Enemy, Ice Cube, Run DMC, LL Cool J, NWA. Run DMC haben wir in Berlin sogar live im Konzert erleben dürfen. Das war dann zwar nicht mehr zu DDR-Zeiten, allerdings bald nach der Wende und soll im Gesamtpaket meine Sympathie zu den „Schwarzen" zeigen.

Zurück zu Bananen und Negerküssen, die also eine Rarität waren.

Zum besonderen und seltenen Obst gehörten wunderbare Pfirsiche aus Ungarn oder Bulgarien. Mir tropft der Zahn während ich das schreibe. Mmmh- die waren groß, süß und saftig – traumhaft zu genießen! Und ich möchte betonen, mit Pfirsichen war auch wirklich nur zur Pfirsichzeit zu rechnen – nicht von November bis März.

Ich hatte damals schon eine Vorliebe für Melonen. Wir kannten nur Wassermelonen und einen Verkaufsstand mit solchen zu entdecken, war die Ausnahme.

Doch kam es immer mal vor – so auch bei einem Ausflug mit meiner Tante nach Berlin. Sie erzählt und fragt heute noch, ob ich weiß, wie ich um eine Melone gebeten und gebettelt habe.

Ich war noch recht klein, doch hätte immer wieder betont, dass ich bereit bin, die wuchtige Melone auch bis nach Hause zu tragen.

All die exotischen Früchte, die heute im Regal liegen, kannten wir nicht.

Von den Zitrusfrüchten waren uns Mandarinen, Apfelsinen, Pampelmusen und Zitronen nicht fremd.

Letztere gab es häufiger, doch nie stets und ständig - so wie in der heutigen Zeit. Auch wenn Pampelmusen sauer schmeckten, machte es Spaß sie zu essen. Denn wir halbierten sie und streuten reichlich Zucker über die Hälften, die dann ausgelöffelt wurden.

Das Apfelsinen- und Mandarinenangebot beschränkte sich auf die Weihnachtszeit. Selbst da konnte man von Glück reden, wenn wir welche erstanden hatten.

Wie in einem anderen Kapitel erwähnt, bestand die Chance, beim Kneiper gute Nabel (Navel)-Apfelsinen zu ergattern.

Wussten Sie, dass Elefanten Zeitungspapier mögen?

Emmi jedenfalls hatte eine Schwäche für Papier und andere Altstoffe.

Elefant Emmi rief uns nämlich regelmäßig zum Altstoffsammeln auf. Ob Stoffe in Form von Kleidung auch dazu gehörten, weiß ich gar nicht mehr. In dem Zusammenhang ist das Wort Lumpensammlung in meinem Hinterkopf. Auf jeden Fall sammelten wir Altpapier, leere Flaschen und Gläser.

Ich erinnere mich, dass wir diese Aktionen meist als Schulklasse antraten. Das geschah im Rahmen von Pioniernachmittagen.

Je nachdem in welchem Ort wir sammeln wollten, informierten wir die Einwohner rechtzeitig darüber und baten darum, gebündeltes Altpapier, Flaschen und Gläser sortiert bereit zu stellen.

Unsere Vorankündigung erreichte die Ortsbewohner weder über Whatsapp, noch facebook oder eine Email. Sie beschränkte sich meiner Meinung nach auf einen Aushang im örtlichen Info-Kasten, der sich je nach Ortsgröße an ein oder mehreren Stellen befand.

Eventuell hatten Mitschüler aus diesem Ort noch eigens geschriebene und geschnittene Zettel in die Hausbriefkästen geworfen.

Wenn die Schule aus war, fuhren wir als Klasse in das zum Sammeln auserkorene Dorf.

Ich denke, dass uns Mitglieder des Elternaktivs unterstützten. Wir Schüler gingen mit einem Handwagen von Haus zu Haus.

Die meisten Anwohner hatten ihre Altstoffe fein säuberlich vor der Tür platziert. Anderswo klingelten wir wahrscheinlich und fragten nach.

War unser Wagen beladen, eilten wir zum Sammelpunkt in der Ortsmitte, um ab- beziehungsweise umzuladen und weiterziehen zu können. Irgendein Erwachsener - vielleicht vom Patenbetrieb - transportierte die komplette Fuhre dann an die nächst größere Sammelstelle oder gleich zur SERO.

Für ein Kilo Papier gab es zwischen zwanzig und fünfundzwanzig Pfennige, für Konservengläser, Schnaps- und Weinflaschen bis zu dreißig Pfennige. Das eingenommene Geld kam sicherlich der Klassenkasse zugute.

Zuhause begannen Papa und ich irgendwann Spray-Flaschen für die Abgabe bei der SERO - Sekundärrohstofferfassung – und ein damit verbundenes Taschengeld zu sammeln.

Fröhlich sein und singen

„Fröhlich sein und singen,
stolz das blaue Halstuch tragen,
andern Freude bringen,
ja, das lieben wir."

Mit diesen Worten beginnt ein Kinder – und Pionierlied, das wir in meiner Kindheit gesungen haben. Das blaue Halstuch habe ich als Jungpionier getragen. Es kleidete uns nicht täglich, sondern zum Beispiel beim Fahnenappell, wenn wir am ersten Mai mit dem Schulchor auftraten oder wir jungen Pioniere bei der Jugendweihe der Achtklässler zum Gratulieren und Blume überreichen auf die Bühne gingen.

Sie glauben nicht, welcher Vorbereitung das bedurfte. Eine weiße Pionierbluse und das blaue Halstuch hatten wir. Für die Blümchenübergabe wurde allerdings erwartet, dass wir Mädchen einen blauen Rock trugen, dazu weiße Kniestrümpfe. Und die waren die Herausforderung! Weiße Kniestrümpfe! Oh je.

Im Laden gab es sie nicht einfach so. Es konnte sein, man hatte welche erstanden, doch dann waren an ihnen womöglich rote Ringelstreifen. Das sollte eigentlich nicht sein.

Vielleicht können Sie sich nun vorstellen, wie die Strümpfe gehegt und gepflegt wurden.

(Als ich das Wort erstanden geschrieben hab, ist mir die Bedeutung der Aussage erst richtig bewusst geworden: In einer langen Warteschlange stehend, haben wir am Ende so manches erstanden. Manchmal wussten wir vorher nicht einmal, was.)

Doch es ging um fröhlich sein und singen. Können Sie sich an die *FRÖSI* erinnern? *FRÖSI* ist eine Abkürzung von *FRÖ*hlich sein und *SI*ngen. Die *FRÖSI* war eine Kinderzeitschrift, die bevorzugt für uns Pioniere herausgegeben wurde. Diese Zeitschrift kostete siebzig Pfennige und erschien glaube ich einmal im Monat.

Was mir selbst am meisten zur *FRÖSI* in Erinnerung geblieben ist, heißt Emmi und ist ein kleiner Elefant. Was sich rund um Emmi abspielte, lesen Sie in dem Kapitel auf Seite 118 (Sind Sie ein der-Reihe-nach-Leser, haben sie das also bereits).

Neben Emmi trieben ein grüner Orang-Utan Otto & Pinguin Alwin in der Zeitschrift ihr Unwesen.

Heut schlage ich meine Trommel (wenn ich schamanisch arbeite), damals las ich sie. Oder ein anderes Wortspiel:

Heut schlag ich auf meine Trommel, damals schlug ich sie auf. Die Zeitschrift *Trommel* erschien wohl einmal wöchentlich und kostete zehn Pfennige. Sie war für die Jugend – also die etwas älteren geschrieben. Beim Recherchieren musste ich schmunzeln, als mir die Rubrik „Fröhliche Minute" in Erinnerung kam. Ich lachte immer schon gern und dort standen Witze.

Als wir im Alter der ABC-Schützen das Lesen lernten, gab es für uns die *ABC – Zeitung*. Sie erschien jeden Monat und war für dreißig Pfennige erhältlich. Wissen Sie noch, dass Rolli und Flitzi darin rumtobten?

Teddy Bummi ermöglichte schon den Nichtlesenden eine eigene Zeitung. Als Kindergartenkinder blätterten wir für fünfundzwanzig Pfennige in der *Bummi*.

(Eventuell rührt daher schon meine „Teddy – Prägung", denn vielleicht wissen Sie, dass ich ein Programm für Energie& Wohlbefinden entwickelt hab, das TEDDY-Konzept – genau gesagt Andrea Kilz´TEDDY-Konzept heißt.)

Ja- und verschiedene Altersgruppen begeisterten sich früher schon für Comics wie *Mosaik* und *Atze*. In letzterem waren Fix und Fax manchmal fix und foxy.

Und alle Ehre dem *Mosaik* – der langlebigsten deutschen Comic-Zeitschrift!

Mein Papa hatte mich mit dem „Mosaik-Fieber" angesteckt.

Fein säuberlich geordnet sammelten wir Comic für Comic im Schrank. Zu meiner Zeit hatten die Abrafaxe die Digidags abgelöst.

Kirschsaft und Wadenwickel

Welch Zufall, doch ich meine Zufälle gibt es nicht oder doch?

Mir gefällt der Satz: *es fällt einem zu, was fällig ist.* Jedenfalls nasche und nippe ich an einem Gläschen Rumkirschen während ich an diesem Kapitel schreibe. Die habe ich von meiner Tante Bruni bekommen.

Sie sind sicher nicht nur lecker, sondern auch gesund. (Zwinkern.) Doch bestimmt, denn alles von Natur aus Rote, was wir verzehren, ist gut für unser Blut.

Vielleicht war das auch der Grund, warum ich als Kind, wenn ich krank war, Sauerkirschen und deren Saft bekam.

Diese hatten Mutti oder Oma eingeweckt und wurden wohlüberlegt aufgebraucht. Eingeweckte Süßkirschen gab es schnell mal als Kompott. Die Sauerkirschen hingegen waren für Hefekuchen oder den Einsatz bei Fieber gedacht.

Für dieses Buch lese oder frage ich oft nochmal nach, um Ihnen keine Lügen zu erzählen. So fand ich im Internet mehrfach die Aussage vom fiebersenkenden und eine Erkältung lindernden Kirschsaft – wohl bemerkt Sauerkirschsaft.

Wenn ich als etwas älteres Kind krank war, brauchte ich nicht „oben" in meinem Kinderzimmer im Bett liegen, sondern durfte „unten" auf der Couch im Wohnzimmer meiner Großeltern sein. Dort war ich nicht so abgeschnitten vom Leben und Alltag.

Die Couch – eine flaschengrüne – wurde ausgeklappt, mit Decken belegt (eine rot und grün schwarz karierte) und mit Laken, Kopfkissen und Zudecke als Bett hergerichtet.

Schlafen ist für mich seither die beste Medizin. Ich liebte es, wenn mich das Heizungsrauschen in den Genesungsschlaf begleitete.

Ging es mir dann irgendwann besser, konnte ich von der Couch aus ein bisschen fern sehen. Doch damals wurde darauf geachtet, dass das nur nicht zu lange war.

Ich fühlte mich sehr behütet, wenn ich krank war, doch es gab Ausnahmen: die hießen Wadenwickel! Huh – mich fröstelt es beim Schreiben. Aber wer kennt sie nicht – die sind wirklich eiskalt und killen so manches Grad Körpertemperatur!

Zehn Mark für ein Blatt Papier

Ja – Papier war teuer in der DDR. Nein, wohl eher nicht, denn ich erinnere mich an die Vokabelhefte.

Solch ein A6 großes Heft kostete sechs Pfennige. Andere Schulhefte, die wir von Klasse 1-4 für Deutsch und Mathe benötigten, hatten einen Preis von zehn Pfennigen.

In den höheren Klassenstufen nutzten wir die sogenannten dicken Hefte, für die wir zweiundvierzig Pfennige zahlten.

Eine Tageszeitung kostete etwa zehn bis fünfzehn Pfennige. Unsere *Märkische Volksstimme* – kurz MV– hatte den Preis von zehn Pfennigen. Während ich so das Wort Pfennige schreibe, neige ich dazu Cent tippen zu wollen. Für die unwissenden Leser: der heutige Cent entspricht sozusagen dem damaligen Pfennig. Welche Zeitschriften zu der Zeit in unserem Briefkasten landeten, lesen Sie an anderer Stelle (oder haben es schon getan).

Nun zurück zu dem Blatt Papier für zehn Mark. Der ein oder andere Leser hat sicher schon eine Idee. Ich muss dazu sagen, zehn Mark waren günstig. Ich blechte einmal sogar zwanzig Mark. Auweia.

Heute kann ich verstehen, dass unsere Eltern damals wenig Verständnis dafür hatten.

Und ob all die Omas, die den „Grundstein" dafür legten – besser gesagt – besorgten, über die Ausmaße Bescheid wussten? Nun ja, wann würden Sie heute für ein bedrucktes Stück Papier der Größe A3 oder A2 zwischen zehn und zwanzig Mark ausgeben?

Vielleicht können Sie nachvollziehen, dass Fans für den ein oder anderen Fanartikel – ob sinnvoll oder weniger sinnreich – gern und leicht Geld zahlen.

Ähnlich verhielt es sich mit den teuer erworbenen Innenseiten der *BRAVO*. Die *BRAVO* brachten die Omas auf unseren Wunsch hin von ihrem Tagesausflug nach Berlin-West oder einem Besuch bei Verwandten in der BRD mit. Meist konnten wir vorher nicht wissen, von welchen Bands und Musikern in der jeweiligen Ausgabe Poster zu finden waren.

Mit ganz viel Glück beinhaltete die Ausgabe ein lebensgroßes Poster. Das war es glaub ich auch, wofür ich zwanzig Mark hergab. Es existiert heute noch neben all den anderen Postern meiner Lieblingsgruppe Depeche Mode.

Ich war damals und heute (Zwinkern) so stolz auf meine Errungenschaften, denn irgendwann war meine gesamte Posterwand fast ausschließlich von DeMo bestückt.

Vielleicht wird die Geldanlage der Jugendzeit in den kommenden Jahrzenten noch gewinnbringend. Schauen wir mal. Ansonsten bleiben schöne Erinnerungen, Stolz und Dankbarkeit!

Ein Kessel Buntes

Denken Sie jetzt an Monika Hauff und Klaus Dieter Henkler? Wenn Ja – ich auch und gleichzeitig habe ich noch einen bunten Kessel Erinnerungen im Kopf und meinem Herzen.
Darum wird diesem Büchlein ein zweites folgen.
Und für ein drittes sind Sie herzlich eingeladen. Darin schreibe ich gern Ihre Geschichten. Solche, von denen Sie wünschen, dass sie aufgeschrieben werden. Und solche, die Ihrer Meinung nach nie vergessen werden sollen.

Einst erzählten sich die Menschen Geschichten. Immer wieder, damit sie sich einprägten. Sie wurden den Kindern und Kindeskindern kund getan und von Generation zu Generation weiter gegeben.

Irgendwann begannen wir Menschen, unsere Erzählungen aufzuschreiben. Was beständiger ist? Ich weiß es nicht.

Ich denke gerade an Dancing Thunder - einen meiner schamanischen Lehrer. Er ist Medizinmann, Häuptling der Susquehannock Indianer in Florida und ein warmherziger wundervoller Mensch.

Vor wenigen Jahren hat er uns – seine Schüler und Zuhörer – gebeten, seine Worte aufzuschreiben. Dafür bekamen wir besonders beständiges Papier und Stifte zur Verfügung gestellt.

Es ist ihm eine Herzenssache, dass seine Erinnerungen, all das Wissen und die Weisheit seiner Ahnen nicht in Vergessenheit geraten.

So geht es wohl auch mir, wenn ich nieder schreibe, was mir am Herzen liegt.

Ich hoffe, Sie hatten Freude beim Lesen. Vielleicht konnte ich Sie mit meinen Zeilen ein wenig ins Träumen und Zeitreisen bringen.

Vielen Dank für Ihr Interesse an diesem Buch. Sind Ihnen beim Lesen Unrichtigkeiten oder Irrtümer aufgefallen, wäre ich dankbar, wenn Sie mich das wissen lassen. Ich möchte keine Märchen verbreiten – jedenfalls nicht in diesem Buch!

Liebe Leserinnen und Leser,

unser gesamtes Leben prägt uns und die ersten Jahre unserer Kindheit ganz besonders.
Wir wissen alle, dass nicht immer die Sonne scheint und an nicht alles, was wir erlebt haben, erinnern wir uns gern.
Erlebnisse und Worte, mit denen wir groß geworden sind, beeinflussen uns auch noch im Erwachsenenalter. Manchmal tun sie das auf negative Art und Weise und blockieren dadurch unsere Lebensqualität, nehmen unsere Freude und lassen uns im Kreis drehen statt vorwärts zu kommen.
Durch meine Arbeit durfte ich erleben, wie schön es ist, Menschen zu helfen – heraus zu helfen aus Lebenssituationen, die von Unzufriedenheit und Schmerz geprägt waren, ihnen zu helfen, einen Schritt vorwärts zu gehen und sie bei ihrer Veränderung zu unterstützen.

Auch dafür empfinde ich tiefe Dankbarkeit!

PS:
Unsere Sicht auf die Dinge und das Leben an sich zu ändern, kann unser ganzes Leben verändern ...

Andrea Kilz
Ganzheitliches Coaching + Physiotherapie
Freiherr-vom-Stein Str.2
04895 Falkenberg

Tel.: 0152 59727991
Email: ak-coaching@mail.de

Im Internet:
www.andreakilz.de
www.teddy-konzept.de
www.andreakilz-coaching.de

weitere Veröffentlichungen von Andrea Kilz:

Ein Tagebuch für Erwachsene

Ihr Schlüssel zu Lebensfreude, Zufriedenheit & Glück

Sie finden in diesem Buch für jeden einzelnen Tag im Jahr eine Seite.
Indem Sie hineinschreiben, wofür Sie dankbar sind, was Ihnen gelungen ist und Freude bereitet hat, richten Sie Ihre Konzentration vermehrt auf die positiven Dinge in Ihrem Leben.
Damit schaffen Sie die Basis für Zufriedenheit, Lebensfreude und Glück.
Das Gesetz der Anziehung sorgt dafür, dass Sie das in Ihr Leben ziehen, worauf Sie sich konzentrieren – seien es nun positive oder negative Dinge.

*Ihr **Bonus** in diesem Buch sind **12 sofort umsetzbare Tipps für mehr Energie**.*
Darin erfahren Sie, wie Sie Ihre Lebenskraft stärken und zu mehr Elan gelangen können.

ISBN: 978-3-74815-095-4

Lächelnd voller Energie mit TEDDY

Ein Buch für Groß und Klein
auf dem Weg zum Glücklichsein

Märchenhaft beginnt die Reise eines Teddys, auf der er seine Herz-Dame trifft.
Angekommen im neuen Zuhause, berichtet er von seinem Alltag. Fotos, die große und kleine Herzen berühren, gewähren dem Leser und Betrachter Einblick in sein Leben.
Inzwischen hat er viel von der jungen Frau, mit der er unter einem Dach lebt (die bin ich), *gelernt.*
Auf eine liebenswerte Art vermittelt er nun sein Wissen und seine Weisheit in Form von Erzählungen, **Rezepten**, **Übungsanleitungen** *und* **Zitaten**.
Damit möchte er seinen Anteil leisten, um mehr **Freude und Wohlbefinden** *in das Leben der Menschen zu bringen.*
So wird er Teil von meinem TEDDY-Konzept,
mit dem auch Sie für mehr Lebenskraft und Gesundheit sorgen können.

ISBN: 978-3-732-29126-7